Pauline Imbault

ÉCOLOGIE : 100 QUESTIONS POUR S'Y METTRE

Et toutes les réponses
pour ne plus se prendre la tête

LA MAISON
hachette

Introduction

Quel est le problème ?

Je me fais un café, je jette une capsule. L'emballage de mon sandwich, la brosse à dents aux poils ramollis, un flacon de shampoing, les restes du repas d'hier, une bouteille de vin, des chaussettes trouées. Hop, tout ça, poubelle.

Finalement, qu'ai-je fait aujourd'hui qui n'a pas généré un déchet ? Tout ce que nous utilisons et touchons produit un déchet, tôt ou tard.

Le jetable envahit notre quotidien et le reste est de moins en moins durable. D'après vous, quelle est la durée de vie raisonnable d'un t-shirt : 5 lavages ou plus ? D'une armoire : 2 déménagements ou plus ?

Le mode de production et de consommation actuel, nous fait générer 580 kg de déchets par an par habitant, en France.

Les déchets sont la partie émergée de l'iceberg. Celle que l'on voit dans notre quotidien. Et elle est déjà conséquente. Mettez votre tuba, on va voir ce qui se passe sous la surface de l'eau.

Cacher ce déchet que je ne saurais voir

Au moment même où j'étais en train de rédiger cette introduction, ma mère m'envoie un texto. Elle travaille dans un lycée et des masques lavables leur ont été fournis pour équiper les personnels. Problème : ces masques sont traités par deux substances actives, la zéolithe d'argent et la zéolithe d'argent et cuivre. L'Anses, chargée d'évaluer le risque pour la santé, déclare que «dans les conditions réelles de port des masques traités, tout risque sanitaire ne peut être exclu». D'où le texto de ma mère : «Pauline, j'ai des centaines de masques inutilisables sur les bras, que puis-je en faire ?». Et bien, rien. Les jeter à la poubelle. Parce que le problème est bien là : une fois que nous avons produit quelque chose, il faut le gérer et c'est d'autant plus problématique quand les produits fabriqués sont nocifs, ou vont le devenir une fois passés dans le four d'un incinérateur.

Il n'existe aucune baguette magique qui peut simplement faire disparaître ce que nous avons créé !

Une fois produits, il faut gérer ces déchets. Certains sont recyclables et sont effectivement recyclés. D'autres sont recyclables mais envoyés par cargos en Asie ou juste brûlés à ciel ouvert. Pour les déchets non recyclables, direction la décharge ou l'incinérateur, deux traitements qui génèrent des pollutions de l'air, des sols et des eaux.

En incinérant nos déchets ménagers, nous produisons des REFIOM (résidus d'épuration des fumées d'incinération des ordures ménagères) qui doivent être traités comme des déchets dangereux. Une des solutions que nous avons trouvées est de les stocker dans des barils au fond des mines de sel. Le but est qu'ils n'entrent pas en contact avec la nature, avec notre écosystème, au risque de le dégrader. Je reformule : nous extrayons des ressources, créons des produits et, en fin de vie, faisons tout pour que le résultat final n'entre pas en contact avec la nature. Vous comprenez mieux le principe de production linéaire maintenant ? C'est complètement lunaire.

C'est fait où ?

Mais ces masques, comme tous les objets qui nous entourent, il a fallu les produire. Il a fallu extraire des ressources. Il a fallu des usines pour les transformer, des cargos pour les transporter, des camions pour les distribuer. On génère des palettes, des emballages, on déploie des moyens industriels et logistiques phénoménaux pour que des cuillères en plastique, des avocats ou des t-shirts arrivent dans nos rayons. Pour produire un t-shirt, il faut faire pousser du coton, le traiter, le ramasser, le transformer. Ce coton deviendra fil, puis tissu qu'il faudra teindre, découper, ordonner, coudre. Il sera ensuite empaqueté, transporté, distribué, vendu. Le temps qu'il finisse sur un cintre dans une grande enseigne de mode, des dizaines de personnes auront travaillé dessus et il aura fait le tour du monde. Comment peut-il coûter seulement 10 euros ? Pour le savoir, il suffit de regarder la petite étiquette cousue à l'intérieur. Ce n'est même plus écrit *made in China*. Je parie sur *made in Bangladesh*.

Si nous voulons toujours plus, toujours moins cher, nous devons exploiter des personnes à l'autre bout du monde et produire sans considération des impacts sociaux et environnementaux.

C'est comme ça que le système peut fonctionner. Sinon, un t-shirt coûte 50 euros, j'en achète un ou deux par an maximum mais ça, on juge que ce n'est pas cool.

Toujours plus !

Du coup, pour que le système continue de fonctionner, nous produisons de plus en plus. Car l'économie est linéaire mais cette ligne doit être ascendante ! Le PIB, ma bonne dame, le PIB !!!

Mais nous vivons, à n'en pas douter, dans un monde fini

Consommation sans limites et extraction croissante des ressources d'un côté, et monde fini de l'autre. Qui ne comprend pas ça ? Qui nie encore cette réalité ? À part le monde entier. Les personnes pour qui la croissance c'est la santé économique. Les gens pour qui consommer, c'est la liberté (voire le bonheur !). Nous tous et toutes qui trouvons que les écolos sont radicaux. Qu'après la 3 et la 4G, il FAUT la 5G. Que, vraiment, l'avion c'est chouette. Que, franchement, le jetable c'est plus pratique.

Alors voilà, pour vraiment comprendre l'impact d'un déchet, il ne faut pas juste le regarder dans la poubelle.

Il faut voir ce qu'il devient et surtout voir ce qu'il a été, comment il a été produit, où, par qui. Il faut voir ce qu'il a généré comme pollution lors de son utilisation et ce qu'il va générer comme dégâts en fin de vie. Le déchet est central. Il offre un magnifique angle d'étude de la société et de ses dérives.

La force de l'habitude

Le problème, c'est que l'on s'habitue à tout. Chaque jour une nouvelle norme se crée. Par exemple, nous produisons toujours plus de plastique.

Depuis les années 2000, nous avons produit autant de plastique que depuis son apparition.

Pourtant, je n'ai pas forcément l'impression d'être davantage submergée de plastique aujourd'hui qu'il y a 10, 15 ou 20 ans. L'autre jour, j'ai voulu m'acheter un paquet de cartes à jouer. Il était dans une boîte en plastique et la boîte était mise sur un carton et filmée. Qui se révolterait pour ça ? Qui a crié au scandale la première fois qu'on lui a tendu un kit de couverts en plastique, avec la petite serviette, emballé dans un sachet plastique ? On change de smartphone tous les 18 mois parce que c'est comme ça, au bout d'un moment, les mises à jour ne passent plus sur l'ancien modèle. On prend les prospectus entassés dans notre boîte aux lettres et on les jette aussitôt. Tout ça, on le fait comme si c'était normal. Mais ça ne l'est pas ! Tout comme les conséquences du changement climatique : les canicules à répétition, les inondations, la fonte des glaces et les ouragans.

Alors, on reste comme ça ou on change ?

L'avantage de s'habituer à tout c'est que ça marche aussi dans l'autre sens. Nous pouvons prendre de nouvelles habitudes, accepter (voire pousser) des changements massifs à l'échelle individuelle, mais aussi collective. Passer au zéro déchet, avoir des magasins de vente en vrac un peu partout, ne plus voir de SUV dans les rues et de plus en plus de vélos, ne plus voir de publicités pour des vols *low cost*, des vêtements de *fast fashion* ou même des bijoux.

Le zéro déchet est un outil pour construire une société soutenable.

Il se décline au quotidien, dans des politiques territoriales, pour des procédés industriels... Il pose la question des déchets et des ressources, des modes de production, des impacts. Pour ça, il permet d'avoir une vision large et systémique. Il recoupe ou mène à d'autres outils nécessaires pour transformer la société : une révolution agricole profonde, le mouvement *slow*, la sobriété numérique, une réduction drastique de notre consommation énergétique, etc.

Les objectifs du livre

Expliquer certains concepts

Comme pour les livres *Zéro plastique on s'y met* et *Zéro déchet on s'y met,* ce livre est pensé pour s'adresser aux personnes qui découvrent le sujet, comme aux personnes qui veulent creuser davantage.

J'ai listé 100 questions sur différents sujets environnementaux et j'y réponds.

Je voulais répondre à des questions qu'on m'a posées ou expliquer de nombreux concepts sur lesquels je suis tombée au fil de mes expériences dans le zéro déchet. Bien sûr, le format même du livre ne permet pas d'aller au fond de tous les sujets (il faudrait un livre pour chaque question en réalité !). Mais cela donne une piste de réflexion, une problématique à observer, dont nous n'avions peut-être pas pris conscience avant.

Montrer que tout est lié

Je voulais aussi mettre en lumière les imbrications entre les différents concepts, montrer que le zéro déchet est à la croisée des chemins de nombreuses théories et d'outils, que c'est une porte d'entrée. Mais en réalité quand on parle zéro déchet, on est forcément amené à un moment à parler changements climatiques, inégalités sociales, pauvreté ou encore transition énergétique. Nous ne vivons pas dans un monde en silo. Toutes les problématiques sont interconnectées.

Répondre aux questions théoriques comme pratiques

J'ai souvent été frustrée en me renseignant sur les questions environnementales.

Je me rendais compte de la gravité de la situation mais je finissais paralysée.

J'avais l'impression que chacun de mes mouvements ne ferait qu'empirer les choses. Dans ce livre, je veux répondre à des questions théoriques mais aussi pratiques. Je veux que vous ayez la sensation que vous pouvez faire des choses, et même que vous devez.

Donner envie de se mettre en action

Et c'est le dernier objectif : vous donner les clés pour agir. Parce que si nous pouvons détruire la planète à coup de surconsommation et de politiques délétères, nous avons aussi un rôle à jouer dans la construction d'un présent plus enviable. Je ne parle pas d'avenir. Je ne parle pas du monde que nous voulons laisser à nos enfants. Je parle du monde dans lequel nous voulons vivre aujourd'hui même !

Un livre moins naïf qu'il n'y paraît

Dans ce livre, je pose certains faits ou j'énonce certaines actions à mettre en place comme des évidences. Interdire les publicités pour les SUV ? Évidemment, qu'il faudrait le faire. Quand je dis ça, je suis consciente des freins, des obstacles, voire des levées de boucliers que cela suscite ou susciterait. Mais, au final, nous avons bien interdit la publicité en faveur du tabac pour des raisons de santé publique.

Pourquoi interdire
les publicités des produits
ou services nocifs
pour l'environnement
serait si bizarre ?

Oui, notre consommation devrait revenir à celle des années 1960. Oui, je pense, que pour le bien commun, certaines entreprises devraient disparaître purement et simplement.. Oui, nous devrions manger végétarien. Oui, nous devrions changer beaucoup de choses, parfois en traversant une période d'inconfort.

Alors, oui, ce livre peut bousculer un peu les lecteurs & lectrices. Peut-être vais-je trop loin ? Mais je ne le fais pas par naïveté, je le fais par ambition.

Car, pour construire
un monde durable,
il faut déjà pouvoir
l'imaginer.

N'y a-t-il pas plus important et urgent que le zéro déchet ?

Pauvreté, travail des enfants, exploitation des ressources, disparition des forêts pour la culture du soja... Ces sujets semblent prioritaires, pourquoi le zéro déchet devrait passer avant ?

Je ne me risquerais pas à classer les sujets par ordre d'importance ou de gravité. Surtout, s'engager dans une démarche ne veut pas dire minimiser les autres. À y regarder de plus près, une grande partie des problèmes de notre monde sont dus à notre façon excessive de produire et consommer. Quand j'achète un t-shirt en *fast fashion*, je donne de l'argent à des marques qui exploitent des travailleurs et travailleuses à l'autre bout du monde, en se moquant bien de leur impact social et environnemental (quoi qu'en disent leurs campagnes de pub !). Tout est lié.

En fait, le zéro déchet est juste une porte d'entrée pour questionner ma façon de vivre et de consommer. L'idée est moins de me demander « Comment éviter le plateau en plastique quand je prends l'avion ? » que de questionner la légitimité même à prendre l'avion.

En quoi les déchets sont-ils un problème ?

Lorsque l'on parle de déchets, on entend surtout parler de 3 grands problèmes : comment faire pour que les déchets ne se retrouvent pas dans la nature ? Comment faire pour nettoyer la nature ? Comment traiter les déchets produits ?

Un emballage de fast-food se retrouve par terre dans la rue ? La ville se demande combien de poubelles supplémentaires mettre ou (avec un peu d'ambition !) comment mieux identifier les poubelles de tri pour que les matériaux recyclables soient triés à part. La chaîne de fast-food, de son côté, en appelle à la civilité des clients ! De la même manière, alors que plus d'un tiers des automobilistes déclarent avoir déjà jeté un déchet par la fenêtre sur l'autoroute, que propose-t-on comme solution ? Installer des poubelles géantes à la sortie des aires de repos pour permettre de jeter ses emballages et canettes en passant. Alors oui, il faut le faire. Mais on passe à côté du cœur du problème : comment fait-on pour produire moins de déchets ? Pourquoi ne pas repenser la façon dont les repas et grignotages sont servis sur les aires d'autoroute ? Ou comment déployer des systèmes d'emballages consignés pour les grandes chaînes de restauration rapide ?

Le zéro déchet est-il vraiment possible ?

A-t-on réellement besoin de savoir si l'objectif ultime est atteignable pour se mettre en mouvement ? N'avons-nous pas déjà une marge de manœuvre suffisante ?

Passer de 260 kg de déchets résiduels (ceux qui finissent dans la poubelle «noire») par an par habitant à 100 kg (comme cela a été fait dans 20 collectivités en France) serait déjà un énorme progrès ! Des efforts sont possibles et même nécessaires ; même s'ils sont drastiques, ils ne sont pas impossibles. Et même s'ils sont incomplets, ils ne sont pas inutiles. Zéro déchet n'est qu'un terme, une ligne directrice. On peut aller loin en visant cet objectif ! Autre solution : on peut rester là à ne rien faire en se renvoyant la balle. Mémo rapide, si vous êtes un·e citoyen·ne, dites : «C'est aux entreprises de changer», un·e politique : «Nous ne pouvons rien faire tant que les citoyen·nes ne sont pas prêt·es» et si vous êtes une entreprise, utilisez l'argument «Nous produisons ce que les consommateurs demandent». Mais comme ça, les choses ne sont pas prêtes de bouger.

Est-ce que tout le monde peut le faire ?

«J'ai des enfants», «Je vis encore chez mes parents», «Je n'ai pas de magasin de vrac près de chez moi», «J'ai un traitement qui génère des déchets». C'est à se demander s'il existe une situation dans laquelle le zéro déchet est faisable ?

J'ai mes contraintes et mon voisin en a certainement d'autres. Le mode de vie zéro déchet est différent suivant mes habitudes, mes besoins et mes possibilités. J'ai le temps de faire mes propres produits d'entretien, je peux facilement faire un compost, j'ai un magasin de vente en vrac près de chez moi, ou pas. La première action de chacun·e sera différente mais rien ne m'empêche de me mettre en mouvement. C'est même un avantage énorme que nous avons en tant qu'individu : notre grande flexibilité. Là où une entreprise ou un État effectue une transition sur des mois, des années voire des décennies, je peux changer mes habitudes du jour au lendemain (d'ailleurs c'est décidé, demain je mets un «stop pub» sur ma boîte aux lettres !). Et puis, j'ai de nombreux champs d'action : mon foyer, mon immeuble, mes commerçants, mon entreprise, l'école de mes enfants, pourquoi pas mon quartier ou ma ville. Prenons conscience du pouvoir que nous avons !

N'est-il pas trop tard pour me lancer dans une démarche écoresponsable ?

Petite illustration : les océans débordent de plastique. Même en arrêtant toute la production dès aujourd'hui, nous ne serons jamais en mesure de les nettoyer complètement. Maintenant que le mal est fait, autant continuer dans cette direction, non ?

Soyons honnêtes, se dire que c'est trop tard c'est souvent une bonne excuse pour rester dans l'inaction. Le GIEC appelle à limiter l'ampleur des changements climatiques. «Nous ne pourrons maintenir le réchauffement planétaire nettement en dessous de 2 °C par rapport aux niveaux préindustriels que si nous mettons en œuvre des transitions sans précédent dans tous les secteurs de la société», a ainsi déclaré Debra Roberts, du GIEC. Rester dans l'inaction est purement irresponsable. D'autant plus que +2 °C ou +5 °C ce n'est pas la même chose !
La question est aussi de savoir comment je veux vivre l'effondrement environnemental et sociétal en cours et à venir. Vais-je décider de subir ou d'agir ? Alors je m'y mets, et tout ce qui pourra être sauvé le sera, mais de mon côté, je n'aurai pas de regrets.

Désencombrer est-il zéro déchet ?

Je veux me mettre au zéro déchet, mais j'ai encore plein de produits d'entretien et de cosmétiques. Vaut-il mieux les finir ou les jeter presque pleins ? De manière générale, cela semble contre-intuitif de commencer une démarche de réduction des déchets en jetant !

Nos placards, tiroirs et garages débordent d'objets non utilisés. Ce sont des ressources extraites inutilement si je ne les utilise pas. Trier permet de les mettre sur le marché de la seconde main afin que d'autres puissent les acheter (et ainsi éviter un achat neuf !). Cela me permet aussi de fixer des critères pour mes prochaines acquisitions. «Décidément, je ne porte pas de vert», ou encore : «La perceuse sert 2 fois dans l'année, je l'emprunte à la voisine la prochaine fois».
Pour ma grande session de tri, je m'appuie sur la méthode de Marie Kondo, les questions de Béa Johnson, le projet 333... Ou simplement, je pars en vacances pour prendre du recul sur mes objets du quotidien : ce qui ne m'a pas manqué n'est peut-être pas indispensable ! Pour les produits consommables, je donne ceux qui ne sont pas entamés et je choisis si je termine les autres.

Le zéro déchet n'est-il pas un mode d'action restreint ?

Est-ce qu'il n'y a pas mieux à faire que d'apporter mon petit bocal chez le fromager ? Le zéro déchet me permet-il d'agir face aux enjeux climatiques qui paraissent colossaux ?

Il faut comprendre que le zéro déchet est un mode de vie mais aussi un concept industriel. Il s'agit de produire autrement en passant d'une production linéaire à une (réelle) production circulaire. Il faut ensuite optimiser et allonger l'usage, en maximisant la réutilisation, le partage, la mutualisation, la réparation. Enfin, il faut préserver la matière, en réduisant le recours à l'incinération et à la mise en décharge (via le compostage, par exemple). Les grandes entreprises devraient sacrément revoir leurs façons de faire si on décidait de leur imposer de fonctionner en zéro déchet.

Le zéro déchet est aussi un projet politique : développer une fiscalité contraignante, accompagner des porteurs de projets, interdire purement et simplement certains produits ou usages. En réalité, le zéro déchet peut permettre de redessiner une société entière.

Dois-je acheter des équipements zéro déchet pour me lancer ?

Une gourde, des cotons lavables, des sacs à vrac... Au premier abord, cela peut sembler contradictoire de devoir acheter autant pour se lancer dans une démarche censée être décroissante. Sans parler du coût d'achat !

Je ne suis pas obligé·e d'acheter, et surtout pas neuf ! Je commence par chercher à me procurer ces objets d'occasion : une thermos dans une ressourcerie, des serviettes de table chez Emmaüs, une gourde qu'un ami a en double... Ou je fabrique moi-même à partir de matériaux de récup' lorsque c'est possible (cotons, sacs à vrac). Je peux aussi ressortir de mes placards des objets que je n'utilisais plus : ma brosse à vêtements qui avait été remplacée par le rouleau adhésif, par exemple. Et surtout, il existe beaucoup d'objets de mon quotidien que je peux simplement supprimer au lieu de chercher désespérément à les substituer. Au hasard : le papier sulfurisé.

Le mode de vie zéro déchet n'est-il pas un retour à l'âge de pierre ?

Utiliser des mouchoirs en tissu, laver des couches, cuisiner davantage pour limiter les plats et aliments emballés, etc. Passer au zéro déchet, n'est-ce pas perdre en qualité de vie et en confort ?

Il est temps de revoir la définition de ce que nous appelons progrès. Acheter une salade prélavée, coupée et emballée dans du plastique, c'est nouveau mais est-ce un progrès ? Oui, le zéro déchet est parfois moins pratique, moins rapide et moins performant, mais c'est précisément pour ça qu'il est bien plus efficace environnementalement parlant. Il est aussi nécessaire de revoir nos critères de confort à la baisse. Pour que les Français vivent de manière durable, il faudrait revenir à la consommation des années 1960. Alors on dit adieu aux week-ends en avion, au «tout-jetable» et aux SUV. Mais on garde le chauffage, l'eau potable courante, de quoi nous déplacer et manger à notre faim ! Revenons aux fondamentaux. L'important maintenant est de limiter le superflu pour préserver l'essentiel sur le long terme et pour tout le monde.

Être zéro déchet, n'est-ce pas devenir radical ou extrémiste ?

Le zéro déchet n'est pas (encore) le mode de vie majoritaire dans la société. Le terme «zéro déchet» fait peur car il semble extrême. Il fait penser à une vie de contraintes et de sacrifices.

L'effondrement du Rana Plaza (bâtiment qui accueillait les ateliers de plusieurs marques de *fast fashion*, au Bangladesh), les océans de plastique, les marées noires, les guerres déclenchées pour l'exploitation de ressources... Et si c'était notre mode de vie actuel et ses conséquences qui étaient extrémistes et complètement fous ? Mais comme tout le système fonctionne comme ça, on a du mal à le voir comme anormal. Quand j'ai découvert le mode de vie zéro déchet, je suis parfois allée dans l'extrême. J'ai vraiment essayé d'atteindre le zéro et c'est difficile (voire infaisable). Mais c'est grâce à cette démarche que j'ai pu trouver un équilibre entre mes convictions et mon mode de vie sur le long terme. Alors testez ! Et si vous allez trop loin, ce n'est pas grave ! Je ne crois pas qu'on puisse être trop écolo ! Il s'agit juste d'essayer pour voir ce qui est tenable dans la durée ou non. Et si être radical, c'était simplement aller à la source du problème ?

Comment vivre zéro déchet si mon entourage ne me suit pas ?

Le mode de vie zéro déchet induit des changements dans le quotidien (faire ses courses en vrac, supprimer le jetable, cuisiner un peu plus…). Cela peut vite devenir compliqué si tout le foyer n'accepte pas les nouvelles règles, voire va à leur encontre.

Avant tout, il ne faut pas forcer les choses. Chacun·e a des rythmes différents et ce n'est pas forcément évident pour tout le monde de changer ses habitudes, surtout si le déclic écologique n'est pas fait. Je peux commencer par changer ce qui me concerne exclusivement (acheter mes vêtements d'occasion, utiliser des mouchoirs en tissu, acheter en vrac quand c'est mon tour de courses, apprendre à bricoler ou réparer…). Et puis, je vais forcément finir par inspirer les autres : « Cette troc party était trop sympa ! », « La brosse à vaisselle est aussi pratique que l'éponge ! »

Je peux malgré tout imposer des règles à suivre chez moi : les invités ne doivent pas apporter de plastique, ou je refuse les cadeaux matériels pour mon anniversaire. Les autres finiront par adhérer à leur rythme.

Est-ce chronophage de vivre zéro déchet ?

Faire à manger plus souvent, faire son propre dentifrice, laver les couches réutilisables… Le mode de vie zéro déchet semble vraiment demander beaucoup de temps.

Le mode de vie zéro déchet prend du temps pour deux raisons. Premièrement, trouver de nouvelles habitudes est chronophage. Mais c'est surtout le temps de faire la transition. Coudre mes sacs à vrac (voire apprendre à les coudre !) va me prendre quelques heures. Mais une fois que j'ai mes sacs à vrac, c'est fait ! Deuxièmement, oui, c'est parfois plus long de réparer un objet que de le jeter et le racheter. Quand j'ai besoin de nouveaux vêtements, c'est plus long d'organiser une *troc party* que de les acheter en deux clics sur Internet. Mais c'est bien plus fun ! Cuisiner, coudre, faire soi-même deviennent des activités de plaisir. Même faire ses courses au marché se transforme en occasion de discuter avec le fromager, échanger des recettes… Au final, certaines activités prennent plus de temps mais sont aussi beaucoup plus enthousiasmantes, voire épanouissantes.

En combien de temps trouve-t-on un rythme de croisière ?

Bouleverser ses habitudes de vie ne se fait pas en un jour. Trouver les bonnes solutions, tester, se tromper, recommencer... Au bout de combien de temps un nouveau mode de vie devient-il le mode par défaut ?

Cela dépend des personnes et surtout des actions mises en place. Certains gestes simples peuvent s'enclencher du jour au lendemain (mettre un « stop pub » sur ma boîte aux lettres ou passer chez un fournisseur d'énergies renouvelables). D'autres actions sont plus compliquées ou plus longues à mettre en place. Il faut un peu de temps pour apprendre à gérer son compost. Il faut tester quelques recettes de lessive avant de trouver la bonne, etc.

Et au final, même maintenant que le zéro déchet fait partie de ma routine, je suis constamment en train d'explorer, de tenter de nouvelles choses. Car il est toujours possible d'aller plus loin. Soit dans le mode de vie (en changeant de banque, par exemple), soit dans le mode d'action (en devenant activiste ou en changeant de métier).

Comment calculer mon impact sur la planète ?

D'après WWF, il faudrait les ressources de 2,7 planètes par an si tout le monde vivait comme un Français et de 5 si tout le monde vivait comme un Américain. Même si d'autres pays consomment moins (rarement par choix), nous épuisons nos ressources plus rapidement qu'elles ne se régénèrent.

Je peux calculer mon empreinte en allant sur le site de WWF ou sur footprintcalculator.org. L'intérêt est avant tout de faire un bilan, de prendre conscience de mes secteurs d'impact (alimentation, chauffage, transports, loisirs mais aussi où est placée mon épargne). Ce type d'outils est forcément simplifié mais c'est une bonne base pour commencer à réfléchir et prioriser mes actions. Le site Global Footprint Network recense ensuite des solutions pour réduire notre empreinte. Bien sûr, une grande part de notre impact doit être réduite à travers des actions politiques et massives. Mais plus nous nous bougeons individuellement en tant que citoyen·nes, plus les élu·es seront contraint·es d'agir à plus grande échelle.

Puis-je compenser mon empreinte carbone ?

Au moment d'acheter mon billet d'avion, on me demande si je veux faire un don pour compenser mon empreinte carbone. Du coup, c'est comme si je n'avais pas pollué, non ?

Théoriquement, un État, une entreprise ou les citoyen·nes peuvent compenser leurs émissions de GES, en contribuant à des projets forestiers ou en investissant dans les énergies renouvelables. Malheureusement, ce n'est pas si simple. Le think tank Pour la solidarité souligne que la neutralité carbone « suppose une équivalence absolue entre les émissions de ses propres activités et la réduction des émissions par un projet ». Méthodologiquement c'est très complexe.
Et le gros problème est aussi philosophique. Le principe de compensation carbone ne dédouane-t-il pas tout simplement les personnes ou les entreprises qui y ont recours ? Je prends l'avion MAIS je donne de l'argent pour qu'on plante un arbre ! C'est tomber dans la facilité, là où l'effort à faire est, comme souvent, dans la réduction à la source de nos émissions. Essayer de réparer c'est bien. Essayer de moins polluer, c'est mieux.

Le zéro déchet est-il une nouvelle charge mentale pour les femmes ?

On le voit sur les groupes Facebook dédiés à la thématique, dans les ateliers pratiques ou encore dans les médias : le zéro déchet semble majoritairement être pris en main et poussé par les femmes. Est-ce réellement par choix ?

Malgré une certaine évolution ces dernières années, il existe toujours un déséquilibre dans la répartition des tâches ménagères au sein du foyer (dans les couples hétérosexuels). De fait, lorsque le fonctionnement du foyer évolue, pour une vie plus écolo par exemple, c'est bien souvent la femme qui est motrice.
Par ailleurs, plusieurs recherches et une étude américaine (publiée sur le site du *Scientific American*) expliquent que femmes et hommes perçoivent les comportements dits écolos comme étant plus « féminins ». Dans l'imaginaire collectif, la voiture de sport c'est viril, le vélo beaucoup moins. Il est grand temps de déconstruire les clichés de genre pour avancer sur ces sujets (égalité ET écologie).

Est-ce que je peux vraiment changer quelque chose à mon échelle ?

Je me sens parfois piégé·e dans un système sur lequel je n'ai pas la main. Comment faire pour changer les choses alors que je ne suis qu'une personne imbriquée dans l'écosystème complexe de la société ?

Agir à l'échelle individuelle ne veut pas forcément dire agir seul·e. Je peux agir au sein de mon foyer mais aussi dans tous les aspects de ma vie : impliquer mes voisin·es, lancer des projets dans l'école de mon enfant, en parler à mes ami·es. Je peux aussi m'investir en politique : voter, voire me présenter sur une liste citoyenne, rejoindre le conseil de quartier, voter dans mon syndicat d'immeuble. En entreprise, je peux impulser une démarche de réduction des déchets dans mon service, impliquer le service des achats, ou même changer de boulot ou lancer une activité qui aide à la réduction des déchets ! Je peux m'engager aussi d'un point de vue associatif : soutenir financièrement une association ou faire du bénévolat. En réalité, c'est une nécessité d'investir le collectif pour impulser des démarches qui vont au-delà de mon action personnelle.

«Vous êtes zéro déchet mais qu'est-ce que vous faites pour le papier toilette ?»

J'entends souvent cette question lorsque je parle zéro déchet. Loin d'être de la curiosité, elle est généralement posée sur le ton de la moquerie pour ridiculiser la démarche. Et si on se posait vraiment la question ?

Et pourquoi le papier toilette serait-il si indispensable ? Une grande partie de l'humanité n'utilise pas de papier toilette et se lave à l'eau (ce qui est peut-être plus hygiénique). Alors poser cette question pourrait permettre de retirer un peu ses œillères, de dézoomer de notre quotidien et de nos habitudes. Car d'autres personnes, à d'autres endroits, aujourd'hui ou à d'autres époques, font autrement ! Il est impératif d'arrêter de penser que nous avons la seule et bonne solution. Finalement, je peux aussi agir sur cette question et être zéro déchet aux toilettes. Je réfléchis à l'usage de l'eau (je peux installer un combiné lavabo-wc pour réduire mon usage d'eau), j'opte pour des lingettes lavables, je choisis du papier toilette écolo ou j'apprends à m'en passer ! Alors, merci d'avoir posé la question !

Comment se situe la France en termes de gestion et réduction des déchets ?

La Suède semble exemplaire en termes de valorisation. La consigne semble encore bien implantée en Allemagne. Les Suisses trient à tout bout de champ. Et la France dans tout ça ?

En ce qui concerne le recyclage, la France est en milieu de tableau par rapport à ses voisins européens. Pour le tri des déchets organiques, nous restons en retard par rapport à l'Allemagne, la Suisse ou l'Italie. En ce qui concerne les solutions pour réduire à la source, la France s'en sort bien car le mouvement zéro déchet y est bien implanté. Nous avons le record en Europe du nombre d'épiceries de vente en vrac. Record plus triste : nous avons aussi le plus gros parc européen d'incinérateurs. Au final, (toutes destinations confondues : déchetterie, recyclage, compostage, décharge, incinération...) un Français produit en moyenne 580 kg de déchets et un Européen 486 kg/an. La marge de progression est importante. Des collectivités comme Trévise en Italie parviennent à envoyer moins de 53 kg de déchets par personne en décharge ou incinérateur (contre 254 kg en France).

Est-ce utile de se bouger si les industriels et les États ne suivent pas ?

Les petits gestes paraissent peu de chose. Je fais mes courses en vrac et génère moins d'emballages mais quelle est l'utilité si les autres ne font pas de même ? Que se passerait-il si tout le monde s'y mettait ?

Pour que la France respecte les engagements pris en 2015 lors de l'accord de Paris, l'empreinte moyenne d'un Français devrait passer de 11 tonnes de CO_2 équivalent par an à 2 tonnes d'ici 2050, soit une réduction de 80 %. Le cabinet Carbone 4 estime que les comportements individuels significatifs (mais réalistes) pourraient permettre de diminuer nos impacts de 20 % (en préférant le vélo à la voiture, en limitant l'avion, en mangeant moins de viande, etc.) Pour les autres 60 %, l'impulsion politique et collective est impérative (décarboner l'industrie, le fret, le système agricole, etc.). Cependant, notre impact en tant que citoyen·ne s'arrête pas à nos petits gestes. En nous engageant, nous montrons aux politiques que nous sommes prêt·es à les voir prendre des mesures concrètes et fortes, cela peut aider à avancer plus vite (au cas où certain·es politiques seraient un peu frileux·ses). Dans tous les cas, il y a des choses à changer et chacun·e de nous doit en faire partie !

À quoi ressemblerait une France zéro déchet ?

Le zéro déchet n'est pas seulement un mode de vie. C'est avant tout un principe qui peut s'appliquer à une entreprise, un État et se décliner à l'échelle de la société ou – rêvons grand – à l'échelle d'un pays !

Imaginons des magasins de vente en vrac accessibles partout, tous les commerces qui acceptent les contenants personnels, la consigne remise en fonctionnement pour de nombreux produits, des restaurants et cantines sans gaspillage alimentaire, le tri des biodéchets généralisé, des entreprises engagées, le jetable interdit, la possibilité de trier partout dans l'espace public, des produits écoconçus et facilement réparables. Un monde où la norme ne serait plus de jeter mais de préserver. Imaginons des collectivités locales engagées dans la réduction des déchets, à l'image du Grand Besançon qui produit seulement 150 kg d'ordures ménagères résiduelles par an par habitant. Enfin, imaginons des entreprises réellement vertes qui proposent des produits plus durables et plus facilement réparables. Ne serait-ce pas idéal ? Encore mieux, il semble que ce soit possible si chacun·e fait sa part.

La Chine n'est-elle pas le pays le plus pollueur au monde ?

D'après le Global Carbon Project, la Chine a émis, en 2018, 9839 Mt de CO_2 soit presque 30 % des émissions globales mondiales. Certes, la Chine est le pays le plus peuplé du monde mais à titre de comparaison l'Inde pollue 4 fois plus. Alors la Chine mérite-t-elle sa place de plus gros pollueur du monde ?

Ce n'est pas si sûr. Tout d'abord, en rapportant la quantité d'émissions au nombre d'habitants, non seulement la Chine perd sa place sur le podium mais en plus, nous ne sommes pas loin derrière. La France génère 5,3 t de CO_2 par habitant (contre 6,9 en Chine). Mais les États-Unis et l'Australie, par exemple, sont loin devant avec respectivement 16 et 17 t de CO_2 par personne. Surtout, la Chine est aujourd'hui l'usine du monde. Elle produit dans ses manufactures des biens dédiés à l'exportation dans le monde entier. Nous contribuons à ce système en cautionnant et en achetant des produits toujours moins chers. Et, une partie des usines implantées en Chine sont bel et bien des entreprises étrangères. Ainsi, une cinquantaine d'entreprises françaises sont implantées dans le Sichuan en Chine, permettant notamment d'exploiter une main-d'œuvre moins chère. Une bonne part des pollutions émises en Chine le sont pour notre consommation.

Vivre zéro déchet, est-ce être décroissant ?

L'économie de notre pays est-elle en bonne santé ? Pour le savoir, il faut regarder le PIB. Si on a produit et vendu plus que l'année dernière, tout va bien. Mais vendre des armes, construire des aéroports, transformer des terrains agricoles en centres de loisirs, c'est ça aussi la croissance !

Le zéro déchet c'est avant tout se poser la question des besoins, se débarrasser du superflu, questionner notre mode de vie actuel pour faire des choix cohérents en conscience (dans sa maison, mais à l'échelle d'une ville ou d'un pays également). De fait, en vivant zéro déchet, je consomme moins, et même de moins en moins. Une fois que je me suis équipé·e en objets durables, que j'ai appris à faire ou réparer au lieu de racheter, je réduis mes achats. Ainsi, je me détache de la consommation de masse, je ne soutiens plus par mes achats le modèle du « toujours plus » (rarement synonyme de toujours mieux). Je choisis où va mon argent : dans quels projets, pour quels produits, pour quels producteurs & productrices. En faisant ce pas de côté, je me rapproche du modèle de décroissance. Alors oui, le zéro déchet est bien l'un des outils de la décroissance.

Puis-je continuer à consommer comme je le fais aujourd'hui tout en préservant la planète ?

Les voitures deviennent électriques, les produits bio se trouvent maintenant partout, les appareils électroménagers sont toujours moins énergivores... Il paraît de plus en plus facile de consommer en étant plus écolo.

Le problème reste le même : on substitue. Ma voiture a quelques kilomètres au compteur ? Je la change pour une hybride. Je suis même encouragé·e financièrement à le faire ! Mais si une voiture électrique consomme moins à l'usage qu'une essence, il ne faut pas oublier qu'il faut la produire. Un ordinateur pollue autant à la production que pendant 90 ans d'utilisation. Changer un appareil qui fonctionne pour une version moins énergivore ne fait pas sens dans l'absolu. Même les produits bio ou écolos exigent des ressources naturelles pour être fabriqués. Donc je consomme raisonnablement même les produits avec un label ! Fondamentalement, il faut réduire notre consommation tout court pour réduire la production. C'est comme ça que l'on peut préserver des ressources et laisser à la Terre le temps de se régénérer.

Quand les grandes entreprises font du zéro déchet, est-ce du *greenwashing* ?

Le *greenwashing*, c'est quand la promotion publicitaire d'une action est nettement plus importante que l'impact positif de l'action même. Grosso modo, c'est quand on parle plus qu'on ne fait. Et la communication, les grosses boîtes savent y faire !

Petit exemple : Head & Shoulders a lancé à grand renfort de publicité la première bouteille de shampoing au monde fabriquée à partir de plastique ramassé sur les plages ! 3000 kg de plastique ont été collectés pour en faire 150000 bouteilles de shampoing faites pour 25 % à partir de ce plastique. La marque produit tellement de plastique, par ailleurs, qu'elle pourrait juste arrêter de vendre du shampoing pendant 25 minutes et elle aura évité autant de plastique qu'elle n'en a recyclé lors de cette campagne ! Le principe est le même quand H&M, l'un des leaders de la *fast fashion*, lance une ligne «Conscious» en matière recyclée (parfois seulement 20 %) mais continue de produire à l'autre bout du monde, de renouveler ses collections toutes les 2 semaines et d'envoyer les surplus en décharge. Bien sûr, parler de pratiques vertueuses peut inspirer d'autres entreprises. Mais ne soyons pas dupes, la plupart du temps, l'action n'est pas à la hauteur de la communication faite dessus !

Puisqu'il faut moins consommer, pourquoi la pub n'est-elle pas interdite ?

Que se passerait-il si la télé, les magazines, la radio, Internet ne créaient pas constamment des besoins et des envies chez nous ?

Trois associations (Greenpeace France, Réseau Action Climat et Résistance à l'Agression Publicitaire) défendent l'élaboration d'une «loi Évin Climat», visant à interdire les publicités faisant la promotion de produits néfastes pour le climat, avec en première ligne les secteurs de l'aérien, de l'automobile, du maritime et des énergies fossiles. Clément Sénéchal de Greenpeace France est formel : «On ne peut pas demander aux individus de réduire leur empreinte carbone tout en laissant les industriels déployer des moyens massifs pour les persuader du contraire.» Autrement dit, c'est un peu facile de nous bombarder de publicités mais de nous demander de faire des choix de consommation responsable ! 65 % des Français·es seraient d'ailleurs favorables à l'interdiction des publicités pour les marques contribuant au changement climatique. Cette attente de la population se traduit également par les propositions de la Convention citoyenne pour le climat visant à réglementer davantage la publicité et ses supports polluants. Alors on arrête la publicité et on renoue avec nos besoins réels ?

Est-ce plus cher de vivre zéro déchet ?

Au premier abord, les objets zéro déchet semblent chers : une gourde en inox coûte 20 €, un shampoing solide autour de 10 €, une serviette périodique lavable entre 7 € et 18 €. Souvent, le zéro déchet est présenté comme un mode de vie pour les bobos.

Dire qu'un coton lavable est plus cher qu'un coton jetable est comme comparer le prix d'une maison à l'achat et son loyer mensuel. Il faut parfois investir dans un équipement de départ pour remplacer des objets jetables du quotidien par leur équivalent réutilisable. Je vais dépenser un peu plus d'argent initialement, mais sur le moyen ou long terme, c'est rentable.
Bénédicte & Jérémie de *La famille presque zéro déchet* expliquent que les dépenses du foyer atteignaient 282 € par an en produits d'hygiène (lessive, produits nettoyants, etc.). Une fois passés en mode zéro déchet, elles ne sont plus que de 144,85 € par an, soit une réduction de moitié ! En plus, en vivant zéro déchet, je ne vais pas simplement remplacer un produit par une version plus durable, je questionne et repense globalement mes achats et donc je dépense moins.

Est-ce plus facile d'être zéro déchet en ville ou à la campagne ?

Vivre zéro déchet demande d'avoir accès à certaines solutions : magasins de vente en vrac, ateliers de réparation, lieux pour composter. Sur ces points, tout le monde n'est pas logé à la même enseigne.

Certaines actions vont être plus faciles à mettre en place à la campagne : composter dans mon jardin ou mutualiser du matériel avec mes voisin·es (taille-haie ou perceuse), notamment car le contact est plus aisé. En ville, je peux plus facilement faire mes courses en vrac car j'ai plus de chance d'avoir un magasin spécialisé à proximité. Je peux aller à la bibliothèque ou me déplacer en transports en commun. Il faut donc adapter sa démarche à son environnement. Ainsi mes actions seront peut-être différentes selon l'endroit où je vis, mais la logique reste la même : faire un pas après l'autre et trouver la solution que je peux intégrer à mon quotidien !

Mon commerçant peut-il me servir dans mon contenant personnel ?

Puis-je aller chez le traiteur, à la fromagerie, à la boulangerie ou au marché avec mes propres emballages et me faire servir dedans ?

Aucun souci, si mon contenant est propre et réutilisable. La loi de 2020 relative à la lutte contre le gaspillage alimentaire et à l'économie circulaire (dite loi anti-gaspillage) le reconnaît d'ailleurs comme un droit pour le consommateur. Je suis responsable du lavage de mon contenant, et cette pratique ne relève donc pas de la compétence des autorités de contrôle sanitaire dont dépend mon commerçant. Si sa balance est réglementaire, mon commerçant doit pouvoir faire la tare et donc déduire le poids de ma boîte.

Des groupes locaux Zero Waste France ont même développé des stickers «contenants personnels acceptés» pour les distribuer chez les commerçants volontaires. Si je souhaite sensibiliser les commerçants autour de chez moi (ou de mon bureau pour faire des pauses déjeuner zéro déchet), je peux télécharger le guide «Mon commerçant zéro déchet» sur le site de Zero Waste France.

Pourquoi trouve-t-on encore des sacs plastique à la caisse de certains magasins alors que c'est interdit ?

Les sacs plastique de caisse à usage unique sont interdits depuis juillet 2016 et ceux en dehors des caisses (rayons fruits et légumes ou boucherie) depuis janvier 2017. Pourtant, on voit encore des sacs plastique dans certains commerces !

Il faut bien comprendre que ce sont les sacs plastiques à usage unique qui ont été interdits. Les sacs biosourcés ou les sacs «réutilisables» ne sont pas concernés. Ainsi, dans certains magasins, le sac jetable de la caisse a juste été remplacé par un sac plastique un peu plus épais, considéré comme réutilisable. Le client est invité à le réutiliser, mais prendre un nouveau sac à chaque passage en caisse reste possible. C'est d'autant plus problématique que le sac est plus épais, donc consomme plus de ressources à la production. Les sacs biosourcés quant à eux peuvent être confondus avec des sacs en plastique. Le geste de tri est complexifié et tous les citoyens ne peuvent pas trier ces sacs pour qu'ils soient valorisés.
Là encore, on a juste remplacé un objet par un autre. En proposant les sacs à un prix dissuasif par exemple, on aurait pu impulser un vrai changement vers le réutilisable.

Est-ce que les achats en vrac sont hygiéniques ?

Lors de la crise sanitaire du Covid-19, on a vu revenir le plastique en force. Comme si emballer dans du plastique était plus hygiénique. Certains magasins de vente en vrac refusaient même les contenants personnels.

Pourtant, si l'on prend l'exemple du Covid-19, l'emballage plastique à usage unique peut être contaminé de la même façon que le produit sans emballage. Et les contenants réutilisables n'augmentent pas le risque de transmission du virus. Pas moins de 119 scientifiques de 18 pays l'ont d'ailleurs affirmé dans une tribune publiée en juin 2020 et relayée par Greenpeace. En réalité, nous sommes surtout formatés pour penser que plastique et emballage égalent hygiène. Alors que les scandales sanitaires sont répandus dans l'agroalimentaire !

Au fur et à mesure que le secteur du vrac se structure, de bonnes pratiques sont mises en place, et notamment relayées par le Réseau Vrac. Il n'y a pas de raison aujourd'hui de considérer que le vrac est plus ou moins hygiénique que les aliments emballés.

Comment faire si je n'ai pas de magasin de vente en vrac près de chez moi ?

Les magasins et épiceries de vente en vrac se développent en France. Nous sommes même le leader du secteur en Europe avec 215 épiceries vrac en 2019 (contre 18 en 2015 !). Ces magasins permettent de réduire considérablement les déchets d'emballages.

Si je n'ai pas de magasin de vente en vrac proche de chez moi, je peux malgré tout trouver bon nombre de produits alimentaires ou non alimentaires sans emballages. Je prends un sac en toile pour le pain, les croissants ou les fruits et légumes. J'emporte ma boîte de conservation à la boucherie ou à la fromagerie. Je (re)découvre mon marché local : j'y trouve épices, fruits secs, petits gâteaux... sans emballages.

Enfin, certains magasins de centre-ville possèdent des rayons de vrac : une petite boutique de café dans laquelle je vais pouvoir acheter thé et café en vrac, une boutique artisanale vend des savons et déodorants solides, un Italien qui vend des pâtes à la louche... Il y a toujours des solutions.

Est-ce que le point vert signifie que mon emballage se recycle ?

Souvent, on pense que le point vert est synonyme de recyclable. C'est vrai qu'il est régulièrement placé juste à côté de la petite phrase «Pensez au tri», histoire de nous perdre !

Le point vert (ce petit rond avec les deux flèches) signifie que le producteur de l'emballage s'est acquitté de sa contribution auprès de l'organisme Citeo pour contribuer financièrement (en partie du moins) à la gestion des déchets d'emballages. Il y a maintenant Triman, ce petit bonhomme dans un rond avec 3 flèches, qui cette fois signifie que l'emballage est recyclable. Avec cette profusion de pictogrammes, la signalétique ne s'est guère simplifiée. Ma solution ? Si j'ai du mal à savoir si un déchet est recyclable ou non, je réfléchis à la façon de l'éviter la prochaine fois. Moins de prise de tête devant la poubelle et moins de déchets. C'est gagnant-gagnant !

À quand le retour de la consigne ?

Le principe : lors de l'achat d'un produit, le consommateur paie une somme supplémentaire pour l'emballage. Cette caution lui est rendue lorsqu'il le restitue au point de collecte. Historiquement, les emballages étaient réemployés mais la consigne pour recyclage gagne du terrain (et parfois vient concurrencer la consigne pour réemploi).

Le dynamisme des initiatives autour du réemploi des emballages, et notamment des systèmes de consigne, est réel. Les projets innovants se multiplient (sur le vin en Provence, sur les bacs de transport alimentaire à Rungis, sur les boîtes à repas pour la restauration à emporter partout en France, sur les bouteilles de bière et les jus…). Les metteurs en marché et les distributeurs s'intéressent de plus en plus à la pratique et la consigne est plébiscitée par les citoyen·nes. 88 % des français sont favorables à la mise en place d'une consigne permettant le réemploi des emballages et bouteilles. Malheureusement, alors que le débat était ouvert, les mesures qui permettraient le développement à grande échelle de la consigne n'ont pas été retenues dans la loi anti-gaspillage de 2020 ou sont encore nécessaires (développer des formats standards, financer les infrastructures de lavage, imposer des quotas, etc).

Est-ce que les labels environnementaux sont vraiment une garantie ?

Il existe des centaines de labels sur tous les aspects de la vie : alimentation, tourisme, cosmétiques, vêtements... Comment s'y retrouver et surtout, sont-ils fiables ?

Pour François Chartier, chargé de campagne Océans chez Greenpeace : «Aucun label, pas même le bio, ne peut garantir de la provenance et de la technique de pêche». En effet, certains labels ne renvoient à aucune certification officielle. Face aux plus de 400 logos à vocation environnementale, l'Ademe recommande de se fier aux écolabels et aux labels de l'agriculture biologique. Un écolabel doit disposer d'un référentiel consultable par tous et toutes, sa certification doit avoir été réalisée par une tierce partie indépendante, les critères environnementaux portent sur plusieurs impacts et sur l'ensemble du cycle de vie. Je me rends sur le site sur le site agirpourlatransition.ademe.fr, dans la catégorie particuliers, labels environnementaux pour connaître les meilleurs labels par catégorie. L'autre solution est de visiter moi-même les sites de production auprès desquels je me fournis (fermes, maraîchers, etc.).

D'où vient le gaspillage alimentaire ?

Un tiers de la production mondiale est perdu ou jeté. En France, l'équivalent de 18 milliards de repas finissent à la poubelle chaque année alors qu'une personne sur dix est en situation de précarité alimentaire.

Les pertes se font à toutes les étapes de la chaîne. Lors de la production, des légumes sont laissés dans les champs car non calibrés ou vendus trop peu cher pour que cela soit rentable de les ramasser. Les denrées sont abîmées dans les transports, dont les distances sont toujours allongées du fait de la mondialisation. La transformation des produits amène à jeter des parties comestibles. Alors que 67 % des ventes se font ensuite en hyper et supermarchés, le libre-service induit de nombreuses manipulations qui abîment les produits. Les DLC (dates limites de consommation) peuvent être dépassées, d'autant plus que nous voulons toujours des rayons pleins ! Enfin, au restaurant comme à la maison, nous produisons et servons trop, ce qui amène à gaspiller.

Ai-je un moyen d'action ou d'influence sur les grandes entreprises ?

Je ne peux pas simplement attendre que les industriels décident par eux-mêmes de faire tel ou tel changement. Que faire si je veux agir auprès de ces entreprises ?

Le mouvement Break Free From Plastic organise des collectes de déchets sauvages et documente ces opérations de ramassage. Le but est d'interpeller les principales entreprises responsables de la prolifération de plastique dans l'environnement. En 2018 et 2019, on retrouve les 3 mêmes marques sur le podium des pires pollueurs : Coca-Cola, Pepsico et Nestlé. À titre personnel, je peux participer à ces opérations ou soutenir les associations qui les organisent. Je peux aussi boycotter les marques et les modes de distribution avec lesquels je ne suis pas en accord et soutenir les produits et types de commerce que je souhaite. Coluche disait : «Quand on pense qu'il suffirait que les gens n'achètent plus pour que ça ne se vende pas.» Acheter ou ne pas acheter un produit est bien le tout premier acte que je puisse faire.

Quels aliments ont le pire impact sur l'environnement ?

Le secteur agricole en France est responsable de 21 % des émissions de gaz à effet de serre (GES) de notre pays. En prenant en compte la chaîne complète (du champ à l'assiette), ce chiffre monte à 36 %. Qu'est-ce qui pollue le plus dans nos assiettes ?

D'après le Réseau Action Climat (RAC), dans nos assiettes, la consommation de viande et poisson représente 52 % des émissions de GES d'un Français, 15 % pour les produits laitiers, 15 % pour les fruits, légumes et plats végétariens, 10 % pour les matières grasses et le sucré et 8 % pour les féculents, dont les légumes secs. Parmi les viandes, l'agneau et le bœuf sont les plus émettrices de CO_2. Pour donner quelques exemples, le RAC indique que « la production d'1 kg de côtelettes grillées émet 14 kg équivalent CO_2, la production d'1 kg de jambon blanc émet 6,5 kg équivalent CO_2 et celle d'1 l de lait émet 8,1 kg équivalent CO_2. 1 kg de lentilles cuites émet 1,3 kg équivalent CO_2. » Pour réduire notre empreinte, nous devons réduire notre consommation de viande (au profit des protéines végétales), donner la priorité aux produits bio, locaux, de saison, peu ou pas emballés ou transformés, ou encore lutter contre le gaspillage alimentaire.

Est-ce que les supermarchés jettent encore de la nourriture ?

Nous connaissons les images de supermarchés versant de l'eau de Javel sur des aliments afin qu'ils ne soient pas récupérés. Cette pratique est-elle légale et, surtout, a-t-elle encore lieu ?

Il est maintenant interdit de rendre les aliments impropres à la consommation. Les magasins doivent également accepter de donner ces aliments si des associations agréées en font la demande. Par contre, il est toujours possible de jeter la nourriture périmée qui n'a pas pu être donnée. Certains magasins s'engagent pour limiter leurs invendus en proposant des prix sur des dates courtes ou en mettant ces produits sur des applications comme Too Good To Go, qui permet aux consommateurs de récupérer des paniers à tarif préférentiel juste avant la fermeture des magasins. C'est aussi à nous, consommateurs et consommatrices, d'accepter que les étals des magasins ne soient pas aussi fournis le soir ou en fin de semaine.

Peut-on être vegan et zéro déchet ?

Devenir végétarien·ne ou vegan peut être motivé par plusieurs raisons : réduire mon impact sur l'environnement, faire plus attention à ma santé ou par souci du bien-être animal. Mais cumuler vegan et zéro déchet peut s'avérer compliqué.

Dans l'alimentation, les alternatives végétariennes sont souvent emballées (tofu, tempeh, protéines de soja). De plus, il ne faut pas sous-estimer l'impact de production des produits vegan. Des chaussures neuves, même vegan, exigent des ressources, surtout quand les matériaux sont issus de la pétrochimie. Il est plus facile de trouver des chaussures ou des sacs en cuir de seconde main. Ils se réparent aussi très bien. Le cuir est assez compatible avec une démarche zéro déchet, moins avec une démarche vegan. À moi de placer mon curseur selon mes valeurs.
Pour les cosmétiques, en revanche, c'est assez facile d'associer zéro déchet et vegan. De nombreuses marques de cosmétiques solides ou en emballages consignés prêtent une attention particulière à la composition de leur produit, ne font aucun test sur les animaux et sont souvent labellisées *cruelty free*.

Quel est l'impact de la viande ?

Depuis quelques années, la question de la viande émerge enfin dans les débats sur la consommation responsable. Viande et dérèglement climatique, quel est le lien, me demandez-vous ?

Selon le dernier rapport de la FAO (Organisation des Nations Unies pour l'alimentation et l'agriculture), la viande est responsable de 15 % des gaz à effet de serre générés par l'Homme et le chiffre continue de grimper. 70 % de la surface agricole mondiale est utilisée pour le pâturage du bétail et pour la production de céréales destinées à les nourrir. Quand la forêt amazonienne est dévastée pour faire pousser du soja, ce n'est pas pour faire un steak de soja mais bien pour faire pousser les céréales destinées aux animaux d'élevage ! Ainsi, il faut de 9 à 11 calories végétales pour produire 1 calorie de viande de bœuf. Pas très rentable comme affaire. Les élevages de poulets ou de porcs ont un impact carbone moindre, mais les élevages intensifs posent des problèmes de pollution des eaux à cause d'une alimentation riche en nutriments. Les problèmes des algues vertes en Bretagne viennent de là. Réduire drastiquement notre consommation globale de viande est un enjeu majeur pour la protection de l'environnement.

Pourquoi est-ce problématique de manger un avocat, une mangue ou une tomate en hiver ?

Lorsque c'est l'hiver ici, c'est bien l'été quelque part. Pas besoin de serres surchauffées pour produire avocats ou mangues en décembre en Amérique latine ! Alors quel est le souci ?

S'ils sont produits en France hors saison, les fruits et légumes ont des besoins spécifiques : usage de pesticides ou d'antigel, culture dans des serres chauffées, etc. S'ils sont produits à l'autre bout du monde, il faut les transporter en avion ou en bateau puis en camion réfrigéré ou climatisé. Comme ils sont transportés sur de longues distances, ces fruits et légumes sont recouverts de produits chimiques pour éviter leur mûrissement ou suremballés pour ne pas qu'ils s'abîment trop vite.
À partir de maintenant, je passe par des circuits courts et consomme des fruits et légumes de saison. En plus d'être produits via une agriculture responsable, ces aliments correspondent mieux à mes besoins. Ceux d'hiver sont riches en nutriments et en vitamine C pour pallier le manque de soleil. Et ceux d'été sont gorgés d'eau pour hydrater.

Pourquoi y a-t-il une saisonnalité pour les fruits et légumes et pas pour les autres aliments ?

Je trouve plus facilement de la mozzarella l'été et du fromage à raclette en hiver. Pour le reste des fromages et pour les viandes et poissons, les changements de saison passent presque inaperçus dans nos rayons.

Si je respecte le rythme des saisons et le temps d'affinage, je profite de la mozzarella et du camembert l'été, du reblochon en septembre et du chèvre frais au printemps. Les animaux auront profité de la bonne herbe grasse du printemps et les fromages seront plus goûteux. La viande venant majoritairement d'élevage, il y a maintenant peu de saisons. Pour les produits de la mer, mieux vaut privilégier le poisson sauvage et donc respecter la saisonnalité. Le poisson de saison est plus facile à pêcher, il faut aller moins loin et moins profond. Le homard, par exemple, est en pleine saison entre mi-avril et fin août. Si j'en veux pour les fêtes de fin d'année, il devra être pêché au Canada, à 6 000 km d'ici ! Gardons à l'esprit que pour permettre une production plus durable, il nous faut réduire notre consommation de produits d'origine animale.

Au restaurant, vaut-il mieux jeter les restes ou les emporter dans un emballage jetable ?

La loi agriculture et alimentation rend obligatoire, à partir du 1er juillet 2021, la mise à disposition par les restaurants de boîtes permettant aux clients d'emporter les restes de leur repas.

Principalement lorsque l'on vit selon le mode de vie zéro déchet, le dilemme peut se poser. Quel est le pire : créer un déchet ou jeter de la nourriture ? En réalité, cela dépend de la nourriture (quelles quantités, protéines animales ou végétales, origine) et de l'emballage (matériau, épaisseur). Produire 1 kg de viande d'agneau, par exemple, émet 39 kg de gaz à effet de serre (GES, en équivalent CO_2). Éthiquement aussi, il peut être difficile de jeter de la nourriture. Au final, je pense qu'il est préférable de prendre le reste de son repas à emporter en veillant à demander une boîte en carton (et non en aluminium ou en plastique). L'idéal étant de penser à prendre une petite boîte de la maison lorsqu'on a prévu d'aller au restaurant, ou de demander au préalable une part plus petite si je n'ai pas trop faim.

Est-ce qu'aller au restaurant pose problème ?

Au premier abord, en allant au restaurant, je ne produis pas de déchets. Le fait de cuisiner de grandes quantités peut même permettre de réduire déchets et gaspillage : moins d'emballages individuels lors de l'achat des aliments, four allumé pour cuisiner pour de nombreux convives…

Pourtant, il y a des déchets que je produis mais que je ne vois simplement pas. En allant au restaurant, je n'ai pas de maîtrise sur ce qui se passe en cuisine. Est-ce que les aliments sont cuisinés entièrement ou une grande partie est-elle jetée ? Est-ce que les parts servies sont importantes et génèrent du gaspillage en salle ? Est-ce que les produits sont filmés ? Est-ce que les biodéchets sont triés et valorisés ? D'où viennent les aliments ?
Dans le doute, je garde le restaurant pour les grandes occasions. Et lorsque j'y vais, je privilégie les restaurants avec une carte courte et qui respecte les saisons. Je peux même voir s'il y a des restaurants engagés ou zéro déchet près de chez moi. Certains travaillent avec des fruits et légumes « moches », proposent des plats au poids pour que je mange selon ma faim. Et je prends avec moi ma serviette et une petite boîte pour emporter à la maison les éventuels restes.

Vaut-il mieux une gourde en inox fabriquée en Chine ou une en plastique produite près de chez moi ?

Aujourd'hui, on trouve facilement des gourdes en plastique (voire en plastique recyclé) faites en France. L'inox, lui, vient majoritairement de Chine. Y a-t-il une bonne solution ?

Pour le moment, il n'existe pas encore de gourde en inox fabriquée en France. Elles viennent presque toutes de Chine. Certaines marques essaient de rapatrier la production en France mais c'est un travail de longue haleine (qui devrait bientôt payer !). Pour ma part, j'ai décidé de ne plus utiliser de plastique en contact alimentaire. J'ai donc fait le choix d'une gourde en inox. Je l'ai choisie avec un design épuré et une simple gravure au lieu d'une peinture sur toute la bouteille, afin qu'elle s'abîme le moins possible pour la garder des années et des années ! Si j'utilise systématiquement ma gourde à la place d'acheter des bouteilles d'eau, je compense l'impact de production d'une gourde en Inox en 30 mois, en 2 à 5 mois pour une gourde en plastique et 3 mois pour une gourde en verre (pour du fabriqué en France).

Est-ce mieux de faire la vaisselle à la main ou d'avoir un lave-vaisselle ?

Il y a quelques années, le laboratoire d'analyses Eurofins a comparé la vaisselle à la main et à la machine sur 4 critères : la consommation d'eau, la consommation d'énergie, l'efficacité et l'impact sur l'environnement. Et voici le bilan.

Pour la consommation d'eau, le lave-vaisselle sort vainqueur du match : 12 l d'eau utilisés contre 42 pour la vaisselle à la main. Mais c'est en partant du principe qu'on laisse couler l'eau tout le temps. En faisant attention, on passe à 10 l d'eau. Sur le critère de la consommation d'énergie c'est match nul (le lave-vaisselle chauffe plus pour moins d'eau). Match nul aussi pour l'impact sur l'environnement. Mais la comparaison porte simplement sur le détergent utilisé. À aucun moment on ne parle de l'impact de la production du lave-vaisselle, de son transport, des déchets qu'il génère en fin de vie. Enfin, la vaisselle à la main est jugée plus efficace (pas de traces blanches indésirables !). Au final, je ne vais pas bazarder mon lave-vaisselle si j'en ai déjà un. Mais en acheter un soi-disant pour faire des économies d'eau, rien ne dit que ça vaut le coup !

Est-ce grave d'acheter des objets en ligne ?

Tout se trouve sur Internet, parfois plus facilement que dans nos magasins. Au-delà du transport, quels sont les problèmes posés par le fait d'acheter sur de grandes plateformes d'e-commerce ?

En achetant à côté de chez moi, je peux soutenir des petits commerces de proximité, valoriser un travail de qualité et participer à la dynamisation des centres-ville. En passant par de grandes plateformes en ligne, je soutiens une tout autre sorte d'économie. D'après le documentaire *Le Monde selon Amazon*, pour chaque emploi créé par Amazon à travers le monde, deux autres sont perdus. Depuis le lancement de ce genre de plateforme, en 10 ans, on estime que 85 000 petites entreprises ont disparu ainsi que 35 000 petites et moyennes usines. Les emplois qui disparaissent, ce sont les nôtres. Les conditions de travail pratiquées à l'autre bout de la planète, nous n'en voudrions pas en France. Alors pourquoi soutenir cette économie ?

Combien cela coûte-t-il à la planète de produire un objet neuf ?

Les objets que l'on achète transportent un sac à dos écologique, c'est-à-dire la consommation de matières premières et l'énergie nécessaire à leur production.

Emmanuelle Vibert l'explique bien dans le livre *Mon défi rien de neuf* : pour fabriquer une télé de 11 kg, 2,5 t de matières premières sont nécessaires. En termes de CO_2, cela correspond à un aller-retour Paris-Nice en avion ! Je ne le vois pas au moment de l'achat, pourtant, 183 kg de matières premières se cacher derrière un smartphone ou 8 000 l d'eau derrière une paire de baskets. Acheter un objet neuf n'est pas anodin. De mon point de vue, le seul critère que l'on me donne en tant que consommateur est celui du prix. N'apparaissent pas, sur l'étiquette de mon nouveau t-shirt, les litres d'eau et les pesticides utilisés pour le coton, l'impact du transport ou encore les dommages sociaux posés par des conditions de travail problématiques. Conclusion ? Je limite mes achats et me tourne vers l'occasion, la location ou l'emprunt à chaque fois que c'est possible.

Est-ce que c'est mieux de garder un vieil appareil qui consomme beaucoup d'énergie ou un neuf qui en consomme peu ?

Les vieilles voitures sont mises au rebut et on nous encourage à en acheter de moins polluantes. Est-ce une bonne idée de remplacer du vieux polluant par du neuf moins polluant ?

Créer un produit pollue parfois plus que l'utiliser. Selon une étude de l'Ademe sortie en 2018, pour les appareils électriques à forte composante électronique, la phase d'extraction des matières premières est la phase la plus contributrice pour quatre indicateurs d'impacts (changement climatique, épuisement des ressources minérales et fossiles, acidification et effets respiratoires). D'autant plus que quand je change de télé, d'ordinateur ou de smartphone, c'est généralement pour une version avec un écran plus grand donc plus polluante ! Pour les autres appareils électriques, c'est plus équilibré. Un lave-linge ou un congélateur polluent autant à la production qu'à l'utilisation. Bref, tant qu'il fonctionne, je garde mon PC ou mon frigo. Si je dois le changer, à ce moment-là, je prête attention à l'efficacité énergétique.

Comment se passer du neuf ?

Pour ne pas acheter neuf, facile ! Il suffit d'acheter d'occasion, me direz-vous ! Et si on découvrait les autres solutions ?

Le marché de l'occasion est bien mieux structuré et fourni qu'il y a quelques années, on trouve presque tout d'occasion. Mais je peux aussi simplement louer ou emprunter une perceuse à ma voisine, ou un livre à la bibliothèque. Je peux créer une *troc party* sur le thème que je veux (troc de livres avec les collègues, objets de puériculture avec la famille, fringues avec les ami·es). Je peux aussi apprendre à faire moi-même. Dans une démarche de réduction des achats, apprendre le B.A.BA de la couture aide énormément. Je reprise mes chaussettes ou je crée des lavettes avec une serviette tachée. J'apprends à réparer mes objets cassés, je vais dans un repair café ou chez un réparateur (je soutiens ainsi des emplois non délocalisables !). Dernière solution : je supprime simplement l'achat – pas besoin d'un énième t-shirt – et si c'est un cadeau je peux offrir un moment au lieu d'un objet.

Y a-t-il une garantie sur les achats d'occasion ?

Le marché de l'occasion se structure, les plateformes fleurissent et sont de mieux en mieux fournies. Mais ai-je les mêmes garanties pour mon téléphone reconditionné que pour mon achat neuf ?

Pour tous les achats neufs, je bénéficie d'une garantie légale de conformité de 24 mois.
Si je rachète cet objet auprès d'un particulier, je pense à lui demander la facture ou le bon de garantie de l'appareil afin de bénéficier de la garantie commerciale du vendeur. Pour les objets d'occasion achetés auprès de professionnels, cette garantie est de 6 mois. Les leaders du marché de l'occasion sont organisés et cette garantie est bien appliquée. Les appareils vendus en ressourcerie sont vérifiés et remis en état avant d'être mis en vente. Je peux malgré tout clarifier la possibilité de reprise avec la ou le responsable pour connaître la politique de la ressourcerie.

Que faire de mes vieux appareils électroniques ?

Selon Ecosystem (l'un des organismes en charge de la collecte, de la dépollution et du recyclage des équipements électriques), 100 millions de téléphones portables dorment dans nos tiroirs ! Et l'Ademe estime que 88 % des Français changent leur téléphone portable alors qu'il fonctionne encore.

Si mon portable marche encore, je peux le revendre ou encore le donner. Idem pour mon électroménager et mes appareils électriques. Les Ateliers du Bocage d'Emmaüs organisent la collecte et la réparation d'outils informatiques. Le réseau Envie propose la collecte, la réparation et la revente de fours, frigos et autres ! Si mes appareils ne fonctionnent plus, je les apporte chez mon opérateur ou au magasin d'électroménager le plus proche pour leur permettre d'être recyclés. Lors de la livraison à domicile, les enseignes sont dans l'obligation de reprendre mon ancien appareil pour l'achat d'un nouveau. Enfin, dans certains magasins, je peux aussi les déposer sans obligation d'achat. Pour les petits appareils, les enseignes d'électroménager proposent des bacs de collecte en libre accès, parfait pour déposer un vieux sèche-cheveux.

Si j'arrête d'acheter du neuf, je tue l'économie, non ?

Si j'achète moins, je dépense moins et on produit moins ? Et donc l'économie s'effondre. CQFD. Sauf que ce n'est pas si simple !

Si j'achète des produits de qualité, fabriqués en France ou artisanaux, je dépense toujours autant. J'achète moins mais les objets sont plus chers. Au final, j'aurai injecté autant d'argent dans l'économie mais pour des objets dont une grande part du prix rémunère la main-d'œuvre nécessaire à leur création. Si je fais réparer mon fer à repasser plutôt que de le jeter pour en acheter un neuf, je soutiens une économie plus locale, des emplois non délocalisables. Dans le même temps, je réduis mon impact carbone (la réparation pollue moins que la production d'un objet neuf). Les ressourceries, les recycleries, les dépôts-ventes, tous ces magasins de seconde main créent également des emplois. Donc non, je ne vais pas tuer l'économie, mais aider à développer une autre forme d'économie : une économie non délocalisable, basée sur des savoir-faire, sur la réparation, sur la qualité.

Je veux réparer les objets chez moi, mais je suis nul·le en bricolage. Je fais quoi ?

Apprendre à réparer mes objets me permet de gagner en autonomie, m'évite d'acheter un objet neuf et surtout me fait faire des économies. Que de bonnes raisons de s'y mettre.

En fait, le plus difficile c'est juste de se lancer ! Je peux apprendre à faire moi-même grâce à des sites comme bricolagefacile.net. De grandes enseignes de bricolage proposent aussi des cours. Pour une quinzaine d'euros, je peux apprendre à rénover un meuble. Je peux aussi entrer dans un réseau de Système d'Échange Local. Le principe : en échange de services, je gagne des points et peux bénéficier de services proposés par d'autres. Je donne un cours d'espagnol à Sacha et en échange, Isa vient m'aider à réparer ma machine à laver. Je peux aller dans un repair café. Des experts bénévoles seront là pour partager leur expertise et m'aider à réparer mes appareils, vêtements ou mon vélo. Et qui sait, dans quelque temps, je pourrais même proposer un repair café moi-même !

Pourquoi produit-on autant de plastique ?

Depuis les années 2000, on a produit plus de plastique dans le monde que depuis son apparition. Rien qu'en 2015, nous avons produit 400 millions de tonnes de plastique (et nous en produisons plus chaque année). Mais où diable passe tout ce plastique ?

Selon une étude publiée en 2017 par la revue *Science Advances*, le plastique est le 3e matériau le plus fabriqué par l'Homme après le ciment et l'acier. Roland Geyer, co-auteur de l'étude et chercheur en écologie industrielle à l'université de Californie, explique que « l'acier que nous fabriquons est destiné à la construction et aura donc une durée d'utilisation de plusieurs décennies. Pour le plastique, c'est tout le contraire, la moitié de ces matériaux deviennent des déchets après quatre ans ou moins d'utilisation ». La raison principale est que nous utilisons le plastique pour faire des objets jetables. En France, 44 % de la demande est pour produire de l'emballage. Si on ajoute à cela les autres objets à usage unique, plus de la moitié du plastique produit au niveau mondial l'est pour être utilisé une seule fois !

Les plastiques que j'ai chez moi sont-ils mauvais pour ma santé ?

La matière plastique correspond à une molécule appelée polymère à laquelle on ajoute des additifs pour lui donner certaines propriétés (résistance, souplesse, couleur...). Le problème vient en général de ces additifs.

Il y a quelques années, le bisphénol A (BPA) a fait scandale. Cet additif (pourtant couramment utilisé) est un perturbateur endocrinien, classé «présumé toxique pour la reproduction». En 2012, la France a interdit l'utilisation du BPA dans les contenants destinés à des enfants de moins de 3 ans, comme les biberons. Elle étend depuis les restrictions. Du coup, les industriels ont dû remplacer le BPA par... un autre bisphénol : le BPS ! Les recherches en cours montrent que le BPS persiste plus longtemps dans l'organisme et à des concentrations plus élevées chez l'animal que le BPA. Bref, ça n'a pas l'air mieux. Le plastique est un matériau récent et nous n'avons pas toutes les clés pour comprendre ses impacts sur la santé. Dans le doute, je le bannis pour tous les usages alimentaires : je dis adieu aux barquettes en polystyrène (du type boîte à kebab), à mes spatules en plastique, j'apporte mon contenant chez mes commerçant·es, je réchauffe mes aliments au micro-ondes dans une assiette et non dans une boîte en plastique.

Est-ce que la vaisselle jetable compostable est mieux que la vaisselle jetable en plastique ?

Dans les festivals, les fêtes de village, les *food trucks* et autres stands éphémères de nourriture, et lors de ventes à emporter, les assiettes jetables en plastique laissent peu à peu la place aux assiettes compostables. Mais est-ce vraiment mieux ?

Je me méfie du mot «compostable». Différents matériaux peuvent l'être : carton, palmier, amidon de maïs (PLA), pulpe de canne et même... le plastique ! L'impact dépend en grande partie de la façon dont le déchet est géré. Les assiettes compostables doivent être triées et valorisées en compost ou par méthanisation. Quand il n'y a pas de poubelle de tri spécifique, l'intérêt reste très limité car elles finissent en décharge ou incinérées. Si j'assiste à un événement, il vaut mieux que je vienne avec ma propre vaisselle réutilisable (gobelet pliable, georgette, etc.). Si j'organise un événement, je dois mettre en place la récupération de ces assiettes, éviter de proposer d'autres éléments en plastique jetable (les couverts ou les verres) pour limiter la confusion, et trouver un prestataire pour les valoriser une fois utilisés. Au final, quitte à repenser le système, autant réfléchir à la façon de passer au réutilisable !

Quelle est la différence entre biodégradable et compostable ?

Sur les boîtes en carton des cosmétiques solides, sur les assiettes en bambou ou même sur certains sacs qui paraissent en plastique, on voit fleurir les termes biodégradable ou compostable. Est-ce que je peux les composter chez moi ?

« Biodégradable » ne veut à proprement parler rien dire. Tout se biodégrade d'une façon ou d'une autre, à plus ou moins long terme avec plus ou moins de dégâts sur l'environnement. D'ailleurs, la loi anti-gaspillage de février 2020 interdit, à compter du 1er janvier 2022, de faire figurer sur un produit ou un emballage la mention « biodégradable » ou encore « respectueux de l'environnement » ou toute mention équivalente, car ça ne renvoie à rien de précis. Le mot « compostable », lui, fait référence à une norme européenne de compostabilité qui implique que la matière peut se dégrader en 6 mois dans un compost. Il existe les labels « OK compost » et « OK compost home ». Ce dernier devrait permettre le compostage à domicile. Malheureusement, les retours d'expériences pratiques montrent que les conditions idéales de dégradation sont rarement réunies chez les particuliers.

L'interdiction des plastiques à usage unique est-elle vraiment bonne pour l'environnement ?

Les sacs plastique jetables sont interdits depuis 2017. En 2020, puis 2021, la réglementation se durcit et étend l'interdiction aux cotons-tiges, gobelets, touillettes, tiges pour ballons en plastique et boîtes en polystyrène. On se réjouit ?

Le problème, c'est que ces objets en plastique jetables ont été remplacés par d'autres objets jetables. Les gobelets et assiettes en plastique sont interdits ? Pas de souci, il n'y a qu'à les fabriquer en bambou ! Les pailles sont en papier, les bâtons de coton-tige en bois. L'interdiction pure et simple des objets en plastique jetables prend le risque de voir apparaître seulement des objets de substitution. L'usage n'est pas remis en cause, simplement le matériau. Sur certains aspects, c'est déjà mieux d'avoir un objet en carton plutôt qu'en plastique mais son impact de production ne disparaît pas complètement et son impact en fin de vie n'est pas neutre non plus. L'Assemblée nationale a voté l'objectif de suppression des emballages plastique à usage unique d'ici 2040, arguant qu'il fallait trouver des solutions de remplacement à chaque fois. Mais les solutions se porteront-elles sur le réutilisable ?

Pourquoi n'interdit-on pas tout simplement tous les objets à usage unique ?

Si d'ici 2040, aucun emballage plastique à usage unique ne doit plus être mis sur le marché (c'est l'objectif fixé par la loi anti-gaspillage), il faut trouver des solutions de remplacement à chaque fois. Pour que ces solutions se portent sur le réutilisable, ne faut-il pas interdire tout le jetable, plastique ou non ?

Interdire le jetable dans son usage quotidien (hors médecine, par exemple) serait la solution. Pour que cela fonctionne, il faut que cela soit progressif car les changements d'usage prennent du temps. Mais de nombreuses solutions de réduction du jetable existent déjà : la consigne pour réemploi, le vrac, les cosmétiques solides sans emballage, etc. Il faut maintenant une ambition politique forte pour les déployer à grande échelle. Il faut investir dans des laveuses pour la consigne, apporter un soutien économique à la création d'emplois (car ces solutions ont besoin de main-d'œuvre locale). Les collectivités peuvent interdire le jetable pour leurs événements et déployer la location de matériel réutilisable comme alternative ou encore pousser l'implantation de magasins de vrac en centre-ville.

Même en passant au zéro déchet, il y a des déchets dans les océans pour des milliers d'années. Comment s'en occuper ?

Depuis les années 1980, 79 % du plastique a été rejeté dans la nature ou mis en décharge (c'est-à-dire, enterré dans nos sols). Le plastique est tellement présent dans la nature que des chercheurs et chercheuses estiment qu'il deviendra le marqueur géologique de l'Anthropocène !

80 % des déchets retrouvés en mer ou échoués sur les plages proviennent de l'intérieur des terres. Ce ne sont pas les bateaux qui les balancent par-dessus bord. L'association Surfrider l'explique bien : « Une pollution qui peut paraître anodine ou pas si surprenante en ville (jet de mégot, papiers, emballages de fast-food laissés çà et là) affecte nos océans. » Même si on arrête la production de plastique aujourd'hui, on ne pourra jamais complètement nettoyer la nature. Pour réduire la pollution des océans, les décisions sont bien à prendre sur la terre ferme : il faut réduire notre utilisation du plastique. Il vaut mieux couper au plus vite le robinet de la production plastique plutôt que d'essayer d'écoper la baignoire avec un dé à coudre !

Les bateaux qui ramassent le plastique dans les océans sont-ils une bonne solution ?

Le 7e continent plastique est un vortex, de 3,5 millions de km² (soit 6 fois la France !) de déchets, découvert en 1997. Il existe d'autres vortex un peu partout dans les mers du globe. Des bateaux ont comme projet de nettoyer les océans des plastiques. Est-ce une ambition réaliste et souhaitable ?

Le problème ? Les trois quarts du plastique ont déjà coulé au fond des océans. Autre souci, les plastiques se dégradent en microparticules. Finalement, seuls les déchets encore à la surface et de taille suffisante peuvent être récupérés. Et encore, la capacité de ramassage de ces bateaux n'est pas suffisante pour espérer un jour nettoyer complètement les océans. Pourquoi ne pas commencer malgré tout ? Tout d'abord parce que les microparticules de plastique peuvent difficilement être filtrées sans risque d'attaquer la biodiversité. Surtout, le problème c'est que des sommes colossales sont investies dans ces projets de nettoyage, au détriment de solutions de réduction à la source du plastique.

Puisque les bouteilles en plastique sont recyclables, pourquoi est-ce un problème ?

On pense souvent que si l'on recycle, on protège l'environnement. C'est un peu comme si les déchets jetés à la poubelle jaune ne comptaient pas.

Alors oui, le recyclage permet en partie d'éviter d'extraire des ressources naturelles vierges. Mais pour recycler un objet, il faut le transporter (en camion et/ou bateau), le nettoyer, le traiter, le fondre, etc. Le recyclage de tous les matériaux a un impact : le plastique se recycle plus ou moins bien (il est souvent transformé en objet non recyclable), le verre et l'aluminium demandent beaucoup d'énergie, le papier n'a que 3 à 5 vies. Même si on recycle un objet, il a bien fallu le produire et ce n'est pas anodin. Pour créer 1 bouteille d'eau en plastique, il faut 2 l d'eau, 100 ml de pétrole, 80 g de charbon et 42 l de gaz. Bref, recycler une bouteille en plastique ou un flacon de shampoing ne sera jamais aussi écolo que boire l'eau du robinet ou acheter un shampoing solide sans emballage.

On dit qu'il faut arrêter les bouteilles d'eau, mais l'eau du robinet est-elle bonne partout ?

Si, dans l'imaginaire collectif, l'eau en bouteille est meilleure pour la santé, c'est surtout parce que les marques d'eau sont bonnes en communication.

Remettons les choses à plat une bonne fois pour toutes : en France, l'eau du robinet peut être consommée toute la vie et tous les jours sans aucun problème. Elle est l'un des aliments les plus contrôlés. Elle respecte les paramètres de potabilité définis par le Code de la santé publique dans le cadre des normes européennes qui forment un standard de qualité très élevé. Je peux me renseigner auprès de ma mairie ou de mon fournisseur d'eau pour en savoir plus. Si je le juge nécessaire, je peux toujours la filtrer avec un charbon filtrant ou simplement la tirer à l'avance et la laisser s'aérer un peu pour que le chlore (garant de la qualité de l'eau) s'évapore. Surtout, prenons conscience que l'eau en bouteille est puisée dans les sols, qui eux aussi peuvent être pollués. Et que les microplastiques des bouteilles d'eau finissent dans notre corps !

Je veux trier mais je ne comprends rien aux consignes. Comment faire ?

Suivant les méthodes et technologies du centre de tri et les choix d'équipements, les consignes de tri ne sont pas les mêmes partout en France (et on ne parle même pas des règles à l'étranger !). Ici il faut trier les journaux séparément, là il faut mettre tous les emballages plastiques dans la poubelle de tri.

L'harmonisation des couleurs et des règles de tri est en cours, et sera terminée d'ici à 2023. Cependant, cela coûte cher aux collectivités. Il faut renouveler le matériel (bacs de différentes couleurs), adapter les centres de tri et parfois mettre en place de nouvelles solutions de traitement (avec le développement du tri à la source des biodéchets par exemple). L'extension des consignes de tri devrait bientôt concerner toute la France et permettre de mettre tous les emballages secs (papier, carton, plastique et aluminium) au tri sélectif (voir la fiche p. 77). Attention, il s'agit avant tout d'une simplification des consignes de tri. Cela ne signifie pas nécessairement que tous ces déchets seront réellement recyclés. Pour m'aider, je peux demander les consignes de tri à mon syndicat de traitement. Et pour la prochaine fois, si je ne sais pas comment trier un déchet, je me concentre sur la façon de l'éviter !

S'ils sont traités, en quoi les déchets posent-ils problème ?

Imaginons un monde merveilleux dans lequel tout le monde trie bien sa poubelle (sans faire d'erreur !), il n'y a plus aucun déchet sauvage car nous mettons tous nos déchets à la poubelle. On recycle ou on élimine bien tous les déchets. Quel serait le souci ?

Tout d'abord, les déchets ne disparaissent pas, comme par enchantement. L'incinération les transforme en résidus plus ou moins toxiques, qu'il faut ensuite gérer. Pour 1 000 kg de déchets, il ressort 250 kg de mâchefers (cendres imbrûlées) et 25 kg de REFIOM (résidus des fumées). Les fumées qui s'échappent des cheminées relâchent des centaines de polluants. Les déchets mis en décharge se décomposent et créent du méthane et des lixiviats (jus de décharge) qui se retrouvent *in fine* dans les nappes phréatiques. Tous les processus de recyclage, quant à eux, sont consommateurs d'énergie, d'eau et de matières premières vierges. Enfin, beaucoup de déchets sont produits et éliminés alors qu'ils pourraient être réparés (une paire de chaussettes), réutilisés (en donnant ou vendant au lieu de jeter) ou simplement évités (les emballages jetables).

Quelle part de mes déchets recyclables est vraiment recyclée ?

Théoriquement, les bouteilles en plastique sont 100 % recyclables. Pourtant Citeo affirme : «À fin 2019, 61 % des bouteilles et flacons en plastique sont triés et recyclés pour être transformés en nouveaux flacons ou bouteilles, ou en textile.» Où passent les pertes et qu'en est-il des autres matériaux ?

Un déchet qui n'est pas trié ne sera pas recyclé. Personne n'ira dans ma poubelle d'ordures ménagères chercher la bouteille que j'aurais dû trier. Une fois le tri fait, environ 10 % de mes emballages (la poubelle jaune) seront refusés en centre de tri et donc non recyclés. Une partie est aussi downcyclée (ou sous-cyclée), c'est-à-dire qu'un produit recyclable sera transformé en produit non recyclable. Et une partie ne peut pas être recyclée par le recycleur. Pour les autres déchets (ceux apportés en point d'apport, par exemple), le tri assure rarement un recyclage à 100 %. Il s'agit davantage d'une garantie que le déchet sera géré au mieux. Certains composants recyclables seront récupérés (pour les DEEE, les meubles…) et ce qui est dangereux sera isolé et traité convenablement. Ainsi, piles et ampoules sont des déchets dangereux dont l'enjeu est d'assurer un traitement adapté, plus que de les recycler.

Qu'est-ce que l'extension des consignes de tri ?

Au 30 juin 2020, 31,8 millions de Français pouvaient trier tous leurs emballages dans leur poubelle de tri : canettes en aluminium, briques alimentaires, pots de yaourt, film étirable, etc. Il faut attendre encore quelques années pour que cela concerne toute la France.

L'extension des consignes de tri a deux objectifs : rendre le geste de tri plus simple et permettre de massifier les emballages collectés pour faciliter la mise en place de solutions de traitement. Autrement dit : on trie pour pouvoir ensuite développer des solutions de recyclage (d'échelle industrielle !), qui donc n'existent pas aujourd'hui. Si la filière pour le PET (les bouteilles et flacons en plastique) existe et fonctionne bien, certaines filières n'existent tout simplement pas. Citeo va débloquer 7,5 millions d'euros dans les 3 ans à venir pour soutenir la recherche et développement de nouvelles solutions de recyclage, de réemploi et d'écoconception. C'est assez regrettable que le premier axe ne soit pas la réduction à la source. En attendant, les pots, barquettes, films et sachets sont «valorisés énergétiquement». Comprendre : sont brûlés pour faire du chauffage.

À quand le ramassage des biodéchets ?

Mes épluchures de carottes, ma salade trop flétrie, le trognon de pain rassis. Tout ça représente 30 % de notre poubelle en poids et finit encore trop souvent mélangé à nos autres déchets, pour finir à la décharge ou l'incinérateur. Mais avez-vous déjà essayé de faire brûler une feuille de salade ?

En décharge, l'eau des biodéchets coule et emporte les polluants (les métaux lourds des piles, par exemple). Dans les fours, ils compliquent l'incinération. Mes biodéchets seraient bien mieux dans un compost ou un méthaniseur. La loi anti-gaspillage impose le tri à la source des biodéchets pour tous les Français (particuliers et gros producteurs, entreprises et établissements publics) d'ici le 31 décembre 2023. Les collectivités ont donc quelques courtes années pour mettre en place des solutions pour que les biodéchets ne soient plus mélangés avec d'autres déchets. Je peux avoir mon bac de tri des biodéchets chez moi, comme j'ai ma poubelle jaune. Si j'habite dans un immeuble, je peux avoir un bioseau que je vais vider dans un container commun à l'aide d'un badge. Un compost de quartier peut aussi être mis en place en bas de chez moi.

Est-il vrai que les déchets recyclables sont parfois remélangés après tri ?

Une légende urbaine veut que parfois les poubelles de tri soient mélangées avec des déchets ordinaires. Ou peut-être avez-vous déjà vu un ripeur vider une poubelle jaune dans un camion qui collecte les ordures ménagères résiduelles (OMR)…

Quand un camion de collecte arrive en centre de tri, son contenu est déversé sur le sol. S'il y a trop d'erreurs, cela risque de perturber le processus de tri. Le camion complet est alors refusé et envoyé en incinérateur. Ainsi, les ripeurs ne doivent pas collecter des poubelles jaunes avec trop d'erreurs. S'il constate trop d'erreurs de tri dans la poubelle, le ripeur ne la prend pas et appose un scotch de refus de collecte. Une fois le refus constaté par les propriétaires de la poubelle (ou les habitants d'un immeuble), elle est ressortie pour être collectée par le camion des OMR. Si le processus n'est pas complètement appliqué, la poubelle refusée est simplement laissée et collectée dans la foulée par le camion d'OMR. D'où la naissance du mythe ! Dans tous les cas, les collectivités ont tout intérêt à respecter le tri car elles sont financées selon des tonnages de tri déclarés et peuvent vendre des matières recyclables.

L'incinérateur c'est mieux que la décharge quand même ?

La décharge a mauvaise presse. À tel point que la loi anti-gaspillage fixe l'objectif de « réduire les quantités de déchets ménagers et assimilés admis en installation de stockage [c'est-à-dire en décharges] en 2035 à 10 % des quantités de déchets ménagers et assimilés ».

Si les décharges ne prennent plus de déchets, ceux-ci seront réorientés vers les incinérateurs, vendus comme une alternative propre et *high tech*. En effet, les décharges empiètent sur des terres agricoles et génèrent des pollutions (lixiviats qui finissent dans les sols et méthane dans les airs). Mais l'incinérateur a beaucoup de défauts aussi. Outre les pollutions qu'il génère, c'est une infrastructure gigantesque qui exige un investissement préalable considérable. Par exemple, la reconstruction en cours de l'incinérateur d'Ivry-Paris XIII et son exploitation coûtent 2 milliards d'euros à la collectivité. Il doit tourner à plein régime et si les déchets diminuent, il faut en importer d'autres territoires (et augmenter la pollution liée au transport). Ainsi, une fois qu'un incinérateur est dimensionné, les politiques de réduction des déchets sont plus complexes à mettre en œuvre, là où une décharge offre plus de flexibilité.

J'ai entendu qu'on envoyait nos déchets à l'autre bout du monde, est-ce vrai ?

Le commerce international des déchets s'est développé depuis les années 1980. Ces exports se font majoritairement vers l'Asie du Sud-Est (Indonésie, Malaisie et, jusque récemment, la Chine). L'Occident se débarrasse ainsi de ses déchets les moins qualitatifs et parfois les plus compliqués à recycler.

En 2019, la Chine fermait ses portes aux déchets que l'Occident lui envoyait pour recyclage, notamment pour qu'elle puisse traiter en priorité ses propres déchets. Ces exports ont été redirigés vers d'autres pays ne possédant pas les infrastructures adéquates, favorisant l'émergence de solutions de traitement illégales, non régulées et extrêmement polluantes (incinération à ciel ouvert, décharges sauvages, etc.). Cela n'est pas sans conséquences sur les populations locales (pollution des cours d'eau mettant en péril des exploitations agricoles, maladies respiratoires, etc.). En réaction, plusieurs pays d'Asie ont renvoyé à l'expéditeur des conteneurs arrivés illégalement sur leur territoire. La couverture médiatique du sujet a amené à une prise de conscience, qui aidera peut-être à faire changer les choses. C'est peut-être à nous de gérer nos propres déchets !

Y a-t-il des déchets que l'on ne voit pas ?

En France, nous générons 580 kg de déchets par an par habitant. En ajoutant les déchets d'activités économiques (hors BTP) on arrive à 900 kg par an et par personne. Il y a les déchets du tertiaire, du milieu agricole mais aussi des industries qui produisent ce que nous achetons.

Dans notre poubelle, nous jetons l'objet ou l'emballage final. Mais beaucoup de déchets ont déjà été produits en amont pour créer et transporter celui-ci. Prenons l'exemple de la capsule de café la plus connue. Il faut 4 t de matière première, la bauxite, pour obtenir 1 t d'aluminium. C'est de ce traitement que proviennent les boues rouges, chargées de substances toxiques et de métaux lourds. Elles sont stockées dans d'immenses bassins ou rejetées directement dans la nature (dans le Parc national des Calanques, par exemple !). Vient ensuite la petite pellicule de plastique (issu de la pétrochimie) placée là pour que le café ne soit pas en contact direct avec l'aluminium : sa production consomme et produit des déchets également. Sans parler de l'impact social du café, de son transport, des intrants (produits) chimiques pour le faire pousser ! Acheter moins et jeter moins c'est agir sur toute cette chaîne !

Que mettre dans mon compost ?

Composteur collectif, composteur dans son jardin, lombricomposteur, ramassage des biodéchets en porte-à-porte : les consignes de tri sont différentes suivant l'installation choisie.

Dans tous les cas, je dois faire attention à avoir un équilibre entre les matières carbonées (les épluchures, par exemple) et les matières azotées (le papier ou les feuilles mortes). Dans mon lombricomposteur (la version boîte dans ma cuisine), je mets seulement ce qui est d'origine végétale : épluchures, papier, carton, marc de café, plus les coquilles d'œuf. Pour le compost que je fais dans mon jardin (avec accès direct à la terre), je peux mettre presque tous mes biodéchets : épluchures, restes de repas carnés ou non, pain, feuilles mortes... Si le compost est partagé, les règles peuvent être plus strictes. Si j'ai un bac de tri des biodéchets dans mon immeuble pour un ramassage en porte-à-porte, je regarde les règles de tri qui s'appliquent sur mon territoire. Ce que je peux trier va dépendre de la façon dont mes déchets sont traités ensuite (les sacs plastique compostables, par exemple, peuvent poser problème s'ils sont méthanisés).

Je veux installer un composteur partagé dans mon immeuble, comment faire ?

Avoir un compost au pied de son immeuble est une bonne solution pour valoriser ses biodéchets mais aussi tisser du lien avec ses voisin·es et apporter de la vie ! Que des bonnes raisons pour s'y mettre.

J'identifie un·e ou deux habitant·es référent·es pour le projet. Je recrute les foyers qui sont intéressés pour participer. Ensuite, je demande l'accord du bailleur en mettant en avant que plusieurs foyers sont partants. Si le bailleur est frileux, je peux proposer une période de test d'un an (un compost est très facilement démontable). Je trouve une association ou un·e maître-composteur pour m'accompagner, faire le diagnostic préalable. Je choisis le matériel (dimension du compost, matériau, emplacement) et j'identifie une source d'apport de matières sèches (c'est souvent ce qui fait défaut dans les composts partagés car les gens ont des déchets de cuisine mais moins souvent des feuilles mortes). Enfin, je forme les référent·es et lance l'appel pour les participant·es ! Je fais signer une charte d'engagement et leur donne le matériel nécessaire. L'idée est d'assurer le suivi et la vie de cette petite communauté sur le long terme pour que le projet ne s'essouffle pas.

Est-ce que les vers peuvent sortir de mon lombricomposteur ?

Si je n'ai pas de jardin, je peux opter pour un lombricomposteur : cette boîte dans laquelle des petits vers vont dégrader mes biodéchets pour les transformer en compost. Il a tout à fait sa place à l'intérieur, dans la cuisine par exemple.

Quand la boîte est fermée, il n'y a absolument aucun risque que les vers sortent. Au moment où j'ouvre le lombricomposteur, il est possible qu'un ou deux d'entre eux tombent s'ils étaient sur le couvercle. Mais de manière générale, ils n'apprécient pas trop la lumière. Donc au moment où j'ouvre pour mettre mes biodéchets, leur premier réflexe est de plonger dans le compost pour retrouver leur obscurité chérie. Par contre, si à chaque fois que j'ouvre mon lombricomposteur, plusieurs vers tombent du couvercle, s'ils sont regroupés sur les rebords du bac ou s'ils sont nombreux dans le bac de récupération du jus, c'est qu'ils ne sont pas bien chez eux et que mon compost est déséquilibré. Peut-être est-il trop humide ? Dans ce cas, j'ajoute des matières sèches. Ou peut-être ai-je apporté un aliment peu apprécié en trop grande quantité. L'avantage du compost c'est qu'une fois que j'ai trouvé le problème, je peux le rééquilibrer et c'est reparti !

Est-ce possible de vivre zéro déchet lorsqu'on a un bébé ?

L'arrivée d'un bébé peut amener les (futurs) parents à s'interroger sur leur mode de vie. À la fois pour des questions de santé (Que vais-je donner à manger à mon enfant ? Quels produits vais-je utiliser pour lui ?) et de manière plus philosophique : quel monde voulons-nous lui laisser ?

Un bébé, ça chamboule un monde, alors autant en profiter pour se lancer dans un mode de vie plus sain et plus durable ! Je peux trouver facilement des vêtements et équipements de puériculture de seconde main, à peine utilisés et en parfait état. Je fais dans le minimalisme pour l'hygiène : un savon solide très doux ou des flocons d'avoine pour le bain, un liniment maison (ou de l'eau et de l'argile contre les rougeurs), du sérum physiologique, des cotons lavables et le tour est joué ! Un des plus gros postes de production de déchets, ce sont les couches. Je teste donc les couches lavables. Je trouve la solution (achat ou location) et le modèle qui conviennent, et surtout, je reste indulgent avec moi-même. Un change jetable de temps en temps ou une petite fuite ne doivent pas m'amener à renoncer à toute la démarche ! Dans tous les cas, je ne me mets pas de pression, je teste et vois ce qui marche !

Quels sont les risques si je fabrique mes propres cosmétiques ?

Contrairement aux cosmétiques destinés à la vente, aucune loi n'encadre la fabrication personnelle des cosmétiques (si je les utilise pour moi ou les offre à ma famille). Il faut cependant faire attention, car ce n'est pas 100 % sans risque.

Les 4 principaux risques en faisant mes cosmétiques sont le potentiel manque d'hygiène, les mauvais dosages, le mésusage de certaines substances et la mauvaise conservation des produits. Ainsi, je me lave scrupuleusement les mains et nettoie à l'alcool les contenants pour mes cosmétiques. Je les étiquette bien avec la date de fabrication car, généralement, il n'y a pas de conservateurs et la date d'utilisation est plus courte que pour les produits du commerce. Et surtout, je me renseigne bien sur les composés actifs des ingrédients que j'utilise. Globalement, si je fais simple (dans une démarche zéro déchet), je vais utiliser des produits assez inoffensifs. À de rares exceptions près, si je peux manger quelque chose, je peux le mettre sur ma peau ! Dans tous les cas, je suis les recettes, je teste le produit dans le creux de mon coude et j'attends 48 h avant de me tartiner.

Je vois souvent des huiles essentielles dans les produits faits maison. Est-ce sans danger ?

Qui dit d'origine naturelle ne dit pas sans danger pour la santé et l'environnement. Il faut donc faire preuve de discernement sur l'usage des huiles essentielles, que l'on voit partout dernièrement !

Tout d'abord, les huiles essentielles (HE) ont des propriétés spécifiques qu'il faut prendre en compte : certaines sont dermocaustiques comme la cannelle (elle risque d'irriter la peau), d'autres sont photosensibilisantes comme l'orange (il ne faut pas s'exposer au soleil après en avoir appliqué sur la peau). Les HE ont tendance à être allergisantes sur le moyen ou long terme. Ainsi, la plupart sont déconseillées aux enfants et aux femmes enceintes. Surtout, il faut des quantités astronomiques de matières premières (fleurs, feuilles, écorces…) pour obtenir un flacon d'HE. Le procédé crée aussi des litres d'hydrolats, parfois jetés, faute de débouchés. Quand je peux, je fais sans, surtout si c'est juste pour parfumer ! Si j'ai réellement besoin des principes actifs, je peux me tourner vers des hydrolats (ou eaux florales) de bonne qualité. Par exemple, l'hydrolat de thym peut remplacer l'HE de tea tree (et en plus c'est élaboré en France !).

Les produits d'entretien faits maison sont-ils aussi efficaces que les produits industriels ?

« Élimine 99,9 % des bactéries ! » Quelle belle promesse. Aujourd'hui, nos maisons doivent être plus propres qu'un bloc opératoire ! Est-ce vraiment nécessaire ?

Attention, je ne dis pas « Arrêtons de laver nos maisons et vivons comme des cochons » (qui sont d'ailleurs très propres, mais je m'égare). Simplement, si j'ai pris l'habitude de manger à table dans une assiette et non directement sur le sol de ma cuisine, je n'ai peut-être pas besoin d'un produit ultra-décapant. Surtout, il faut regarder les étiquettes au dos des produits pour voir que, s'ils sont annoncés comme magiques, ils sont aussi en général très impactants pour l'environnement. Le logo orange et noir avec un poisson mort dessus aurait dû me mettre la puce à l'oreille ! Au final, je veux faire du propre et j'utilise des produits dangereux pour moi, ma famille et l'environnement, ça n'a aucun sens. Je peux faire mes produits maison (en respectant des recettes et en testant). Mais dans 90 % des cas je peux simplement laver les surfaces au vinaigre blanc ou au savon noir !

Comment être zéro déchet pendant ses règles ?

Une femme réglée utilise au cours de sa vie 10 000 à 15 000 protections menstruelles jetables (serviettes et/ou tampons), avec les problèmes environnementaux (ce sont des classiques des déchets retrouvés sur les plages) et sanitaires (elles sont composées de substances chimiques qui se retrouvent en contact direct avec les muqueuses et la peau) que cela implique.

Pour les remplacer, je peux commencer par passer aux serviettes réutilisables, qui s'utilisent de la même façon que les serviettes jetables, sauf que je les lave et les réutilise. J'en trouve de différentes tailles et capacités d'absorption. Je fais attention à les choisir biologiques et en matière naturelle (coton ou chanvre).
Je peux me lancer avec la coupe menstruelle : solution la plus économe de toutes. Je dépense 20 à 30 euros une fois et elle me dure des années. Je dois la stériliser entre 2 cycles (quelques minutes dans l'eau bouillante dans une casserole).
Plus chères, mais d'une efficacité et d'une simplicité redoutables, je découvre les culottes de règles ! J'en enfile une au lieu de ma culotte standard et voilà. Simple, pratique ! Je peux l'utiliser en complément de la coupe menstruelle ou seule.

Les couches, mouchoirs et protections périodiques lavables c'est sale, non ?

Pourquoi quelque chose que l'on lave serait forcément plus sale qu'un produit à usage unique dont la composition est floue et dont on ne connaît rien des surfaces qu'il a touchées avant qu'on le sorte de son emballage ?

Taraudée par la question, j'ai demandé à mon médecin si je pouvais utiliser des mouchoirs lavables. Sa réponse : aucun souci, il faut juste que je change régulièrement de mouchoir les jours où je suis malade pour ne pas m'auto-contaminer. Les couches et les protections périodiques réutilisables se lavent (à 60 °C pour les désinfecter) ! Je ne jette pas mes chaussettes à chaque fois que j'ai transpiré dedans ou même le pyjama de mon enfant s'il a fait pipi au lit ! Cela nous paraît normal de laver certaines choses, mais inconcevable de (re)passer au réutilisable pour quelques objets jetables qui peuplent notre quotidien. Prenons conscience des freins davantage psychologiques que réellement hygiéniques. On a tendance à penser que l'usage unique est synonyme de propreté. Et on se cache derrière cette idée. Mais qui n'a jamais utilisé son mouchoir jetable deux fois (ou plus !) avant de le jeter ?

Est-ce qu'avoir un chat est mauvais pour l'environnement ?

D'après la Ligue de Protection des Oiseaux (LPO), un chat domestique bien nourri capture en moyenne 27 proies par an, contre 273 pour un chat errant et 1071 pour un chat haret (chat domestique retourné à l'état sauvage), mettant en danger la faune.

Le nombre de chats en France ne s'autorégule pas en fonction des ressources auxquelles ils ont accès, mais est maîtrisé par l'Homme. En 2019, il y avait 13 millions de chats domestiques en France, et 8 à 10 millions de chats errants. Multiplié par le nombre de proies qu'ils chassent, l'impact sur la biodiversité du chat est désastreux. Ainsi, notre animal fétiche est responsable de la disparition de 63 espèces de mammifères depuis 500 ans. Et même les chats nourris par l'Homme ont un impact environnemental important à cause des croquettes et pâtés qu'ils consomment. L'idée n'est pas de partir à la chasse aux chats. Mais si je veux en adopter un, j'évite les élevages et animaleries et je me tourne vers un refuge. Je le fais stériliser rapidement. Enfin, je consulte le guide de la LPO « Les solutions pour limiter la prédation du chat domestique et protéger la petite faune sauvage ».

Est-ce que baisser le chauffage est vraiment utile ?

Le chauffage représente entre 60 et 75 % des consommations énergétiques d'un foyer. Si en baissant le thermostat, je fais des économies sur ma facture d'énergie, c'est parce que j'ai moins consommé !

En baissant le chauffage d'1 °C, j'économise 7 % d'énergie d'après l'Ademe. Selon leurs recommandations, il faut régler la température entre 19 et 21 °C dans les pièces occupées la journée, et à 17 °C la nuit et en journée dans les pièces peu occupées. De même, je baisse le chauffage quand je m'absente. J'opte pour des robinets thermostatiques, je gère la température *via* un thermostat d'ambiance ou encore j'installe une sonde extérieure pour adapter mon chauffage aux éléments ! J'aère tous les jours pour évacuer l'humidité. Enfin, si je peux, je change de mode de chauffage pour une version plus écolo et je rénove mon logement. Deux tiers des Français ont froid alors que le chauffage est allumé et un Français sur cinq souffre de précarité énergétique. Il faut continuer la rénovation énergétique des logements (soutenue par des aides d'État).

Que puis-je faire en cas de non-respect de mon «stop pub» ?

L'Ademe estime que les publicités et imprimés non adressés représentent environ 31 kg par foyer par an. C'est décidé : je pose un «stop pub» sur ma boîte aux lettres. Cela met parfois un peu de temps avant qu'il soit respecté. Voici quelques astuces.

Un autocollant officiel est mieux pris en compte qu'une étiquette écrite à la main. J'en demande un à Zero Waste France ou à ma mairie. J'en propose également aux voisin·es, car plus il y en a, plus ils ont de chance d'être respectés. Si malgré tout je reçois des publicités, je les rends aux commerçant·es en leur rappelant que j'ai un «stop pub» sur ma boîte aux lettres et que son non-respect est passible de 1 500 € d'amende. Je peux également contacter la société de distribution. Si le problème persiste, j'envoie une lettre de signalement en interpellant les enseignes. L'association Zéro Déchet Strasbourg en a fait un modèle, que je peux retrouver sur le site de Zero Waste France à l'adresse zerowastefrance.org/stop-pub-pas-respecte-que-faire. Des député·es travaillent aussi sur la création d'un « oui pub » à apposer sur sa boîte aux lettres lorsque l'on veut les pubs. Ne pas les recevoir serait alors la norme.

Dois-je changer de banque ?

D'après les Amis de la Terre, les grandes banques françaises comptent « parmi les plus grands financeurs des énergies fossiles ou du nucléaire ». En investissant dans des secteurs hautement polluants, les banques contribuent aux changements climatiques.

Ces investissements de la part des banques se font avec leurs ressources, c'est-à-dire nos dépôts. Le guide « Choisis ta banque » des Amis de la Terre regorge d'informations. On y lit : « Si BNP Paribas est de loin un des plus gros pollueurs de la planète, Crédit Agricole et Société Générale figurent aussi dans le top 15 des banques internationales qui financent le plus les énergies fossiles. » Avec 52 milliards d'euros entre 2004 et 2014, BNP Paribas finance 9 fois plus les énergies fossiles que les renouvelables ! Attention aussi aux banques en ligne, qui sont détenues par de grands groupes. Les choix de société de demain se font *via* les stratégies d'investissement d'aujourd'hui. Il faut donc agir. La bonne nouvelle c'est que nous en avons le pouvoir, car l'argent des banques, c'est le nôtre. Donc, oui, je change de banque et je place mon épargne de manière éthique (en banque ou en investissant dans un morceau de forêt, par exemple).

Dois-je changer de fournisseur d'électricité ?

De nombreux fournisseurs d'électricité proposent de l'énergie verte. Mais toutes les offres ne se valent pas.

La réglementation n'oblige pas un fournisseur à acheter ou produire de l'électricité renouvelable pour pouvoir commercialiser des offres « vertes » d'électricité. Il suffit qu'ils achètent des certificats « garanties d'origine » qui prouvent que quelque part en Europe, de l'énergie renouvelable a été produite dans les mêmes quantités que celles que ses clients lui demandent. Mais mon argent ne sert pas à rémunérer les producteurs d'énergie renouvelable. Pas de panique, il existe malgré tout de « vrais » fournisseurs d'énergie renouvelable. Je peux retrouver la liste dressée par Greenpeace sur guide-electricite-verte.fr.
Surtout, pour diminuer mon impact, je réduis ma consommation. Aujourd'hui, le développement des énergies renouvelables permet simplement de réduire la part d'énergies fossiles consommées mais pas la quantité globale consommée.

Dois-je changer de métier ?

En changeant de mode de vie, vient un moment où on peut se demander si son travail est toujours en adéquation avec ses valeurs. Et si je m'aperçois que ce n'est pas le cas, que faire ? Claquer la porte de mon boulot, quitter mon poste de chargé·e de projet événementiel ou rendre les clés de mon exploitation agricole conventionnelle ?

Première solution : je reste et je change les choses en interne. Au sein du groupe Orange par exemple, un millier d'employé·es ont publié une tribune contre la 5G, mettant en avant les potentiels impacts sanitaires et environnementaux liés à son déploiement. On a tous et toutes une marge de manœuvre, à nous de l'exploiter. Mais pourra-t-on réellement changer en profondeur le mode de fonctionnement et les objectifs de multinationales comme Nestlé, Coca-Cola, Suez et autres ?
Deuxième solution : je change d'entreprise et je rejoins la transition écologique. Ou alors, j'apprends un nouveau métier qui fait sens socialement et/ou environnementalement pour moi. Comptable dans une association, responsable d'un magasin de vente en vrac, agricultrice, boulanger, consultant pour des entreprises voulant intégrer des démarches zéro déchet...

Comment organiser des vacances écoresponsables ?

Qu'est-ce que je recherche en vacances ? Quelle(s) expérience(s) ai-je envie de vivre ? Du repos ou des aventures, des moments en famille, en solo ou entre amis, du dépaysement ?

Finalement, ces sensations sont à portée de train, de voiture ou de vélo ! Pas besoin d'éclater mon empreinte carbone en prenant l'avion. Je choisis un hébergement écoresponsable (ceux regroupés sous le label Pavillon Bleu, ou les sites ATR et Gîtes de France). Je repère les producteurs locaux, ou les magasins de vente en vrac et/ou bio. J'embarque mon kit zéro déchet : sacs à vrac, serviette de table, couverts et cosmétiques solides évitent de générer pas mal de déchets sur place. Le site « Qu'est-ce qu'on fait »(qqf.fr) nous fait découvrir des coins de France qui ont un goût de bout du monde. Envie d'Australie ? Ils nous invitent au lac de Salagou dans l'Hérault. Et la Finlande se trouve sur le plateau des Mille étangs en Haute-Saône. Au final, j'aurai sans doute vécu quelque chose de plus spécial que les voyages *all inclusive* que tout le monde fait (sans parler de leurs impacts sociaux et environnementaux).

Les trottinettes, voitures et vélos électriques sont-ils bons pour l'environnement ?

Les mobilités électriques se développent. La vente et l'immatriculation de voitures électriques a presque doublé entre 2019 et 2020. Mais on l'a dit, acheter un produit a un impact. Sous quelles conditions une voiture, une trottinette ou un vélo électriques sont-ils bénéfiques pour l'environnement ?

Plus on utilise d'électricité, plus il faut en produire et donc, nécessairement, développer des infrastructures de production électrique. Alors même qu'il faudrait désespérément réduire notre consommation. En termes d'émissions, les véhicules électriques paraissent propres mais l'impact de l'extraction des matières premières (comme le lithium) n'est pas pris en compte. Pourtant, l'exploitation du lithium pose des problèmes sociaux et environnementaux : surconsommation d'eau (10 l par seconde), rejet de nombreux effluents, risques de sécheresse et de salinisation des eaux, corruption des autorités locales... Ainsi, un vélo électrique peut avantageusement venir remplacer une voiture du foyer pour faire les petits trajets du quotidien. Mais prendre une trottinette électrique en libre-service pour remplacer de temps en temps un trajet en métro aura un impact plutôt négatif.

Comment passer au zéro déchet en tant qu'étudiant·e ?

Petit logement ou colocation, petit budget, contraintes imposées par le campus, besoin de s'équiper... Quelle marge de manœuvre me reste-t-il ?

Tout d'abord, je m'équipe avec des objets de seconde main : pour les cours (livres à la bourse aux livres, ordinateur reconditionné) comme pour mon appartement (prendre ce qui est en double chez les parents, chiner chez Emmaüs). Pour le déjeuner et les collations, j'anticipe. Je prends ma thermos que je fais remplir de café à la cafet'. Si je dois manger sur le pouce, je prends une pochette à sandwich réutilisable et ma gourde.

Bien sûr, je peux engager une démarche plus large sur mon campus. Je trouve des idées dans le guide « Mon campus zéro déchet » édité par Zero Waste France : créer une cafet' anti-gaspi (avec différentes portions, des plats pensés pour cuisiner au maximum les légumes), récupérer les affaires des étudiant·es sortants à la fin de l'année pour faire une « gratiferia » (sorte de marché gratuit) avec les nouveaux et les nouvelles à la rentrée, installer des fontaines à eau... Les possibilités ne manquent pas.

Comment passer au zéro déchet au bureau ?

Je peux faire des actions à mon échelle : apporter ma tasse, mettre en commun un stock de sacs pour éviter les sacs plastique ramenés de la pause déjeuner par mes collègues et moi.

Si je veux engager tout le bureau dans une démarche de réduction, la première étape est de faire un diagnostic : identifier les flux de déchets entrants et sortants (regarder les achats et les poubelles) et en comprendre la source (habitudes des collègues ou mode de fonctionnement de l'entreprise). Il s'agit ensuite de rallier quelques personnes : un·e responsable, le pôle achat, le pôle com', des collègues motivé·es. Mon état des lieux me permet de définir un, deux ou trois axes de travail prioritaires. Le tout est de réussir à assurer la pérennité du groupe de travail sur le moyen/long terme. Pour m'inspirer, je peux télécharger le guide « Zéro déchet au bureau » sur le site zerowastefrance.org : trouver le bon prestataire de ménage, réduire la consommation de fournitures, investir dans un parc informatique de seconde main...

Comment limiter le gaspillage lorsque je dois imprimer ?

Au travail, nous avons souvent besoin d'imprimer, et donc d'utiliser du papier et de l'encre parfois en grandes quantités. Pour un document long à étudier et/ou relu par plusieurs personnes, il est même plus pertinent d'imprimer que de consulter en ligne. Voici quelques conseils pour imprimer plus écolo.

Sur mon ordinateur, je mets en place une signature électronique pour éviter d'imprimer les documents que je dois juste signer et scanner. Si je dois vraiment imprimer, j'utilise une typographie économe en encre (Garamont, Ryman Eco ou Ecofont par exemple) et j'évite les aplats de couleurs. Sur l'imprimante, je modifie les paramètres par défaut : impression en noir et blanc et recto-verso systématique. Je demande au service informatique de mettre en place une validation supplémentaire sur l'appareil pour éviter les impressions lancées depuis l'ordinateur et oubliées dans l'imprimante partagée. Je demande au service achats de mon entreprise du papier plus écologique (soit recyclé, si j'en trouve fait en France, soit issu de forêts FSC) et des cartouches d'encre rechargeables. Je peux même lancer un concours de réduction des impressions entre les bureaux ou les services pour motiver les troupes !

Est-ce que le dématérialisé et Internet ont un impact réel sur la planète ?

Un mail mieux qu'un courrier ? Une petite vidéo sur Netflix mieux qu'un DVD ? Pas si sûr… Le caractère dématérialisé d'Internet nous fait oublier son impact réel sur la planète. Pourtant, son fonctionnement et son utilisation ont une empreinte conséquente sur l'environnement.

Loin du mythe du tout dématérialisé, Internet repose sur des infrastructures massives : des kilomètres de câbles sous l'océan, des *data centers* gigantesques qui empiètent sur des terrains agricoles, des ordinateurs et smartphones remplis de métaux et terres rares (ces métaux spécifiques utilisés dans les *high-tech*). Internet est aussi très énergivore. Si c'était un pays, il serait le 3e plus gros consommateur d'électricité au monde, derrière la Chine et les États-Unis. Recharger ses appareils consomme de l'énergie. Transférer des données aussi. Envoyer un mail consomme autant d'énergie que se faire un café au distributeur (et on envoie beaucoup plus de mails qu'on ne boit de café !). Le pire reste bien sûr le streaming car les données envoyées sont très lourdes (surtout en HD). Solutions ? J'évite les pièces jointes, j'écoute de la musique ou les rediffusions de mes émissions de radio sans vidéo, et je lance les vidéos en basse définition dès que possible.

Qu'est-ce qu'un cadeau dématérialisé ?

Un cadeau dématérialisé est un cadeau non physique. Ne cherchez pas, une carte cadeau dans un magasin de vêtements ça ne compte pas, car c'est pour acheter des objets !

Je peux offrir une expérience, comme un cours de poterie ou un cours pour apprendre à aiguiser ses couteaux (c'est mon rêve !). Je peux aussi faire (ou demander à ce que quelqu'un fasse pour moi) un don à une association de mon choix. Facebook a même développé un outil de collecte pour inviter directement vos ami·es à donner. Je peux offrir un arbre dans une forêt pour contribuer à la reforestation. Je peux aussi, tout simplement, créer un moment de partage. Imaginer une balade « sur les traces de notre enfance » pour mon petit frère ou une après-midi en famille ou entre ami·es où chacun·e réalise sa meilleure recette et on déguste tout ensemble ! Comme d'habitude, qui dit non physique ne veut pas nécessairement dire écolo. Je garde mon esprit critique ! Un cours de cuisine dans lequel je vais préparer un bon rôti de porc aura certainement plus d'impact qu'offrir un savon du petit artisan du coin ou un livre trouvé d'occasion !

Le zéro déchet est-il possible dans le milieu hospitalier ?

À l'hôpital, 3 grands types de déchets sont produits : les déchets médicaux à proprement parler (pansements, seringues, spéculums), les déchets paramédicaux (masques, couches), et ceux de la vie quotidienne (hygiène, nourriture, magazines et journaux du point presse).

Les toutes premières actions à mettre en place peuvent concerner les déchets du quotidien : penser une restauration moins génératrice de déchets, remettre du réutilisable lorsque c'est faisable ou rendre possible le recyclage partout.

Une marge de manœuvre existe aussi sur le secteur paramédical. La pénurie de masques au début de la pandémie de Covid-19 a mis en lumière la fragilité du jetable. Jusque dans les années 1960, les masques à l'hôpital étaient réutilisables et stérilisés sur place. Ils ont peu à peu été remplacés par du jetable, qui exige moins de personnels (pas besoin de les laver) et permet une meilleure fluidité des stocks. Aujourd'hui, les charlottes sont jetables mais la blouse réutilisable. Pourquoi donc ? L'usage du jetable ne devrait pas occulter totalement les avantages du réutilisable.

L'innovation technique peut-elle nous sauver ?

La start-up suisse Climeworks développe des filtres pour capter le CO_2, les intelligences artificielles peuvent nous aider à gérer le trafic routier, la domotique à réduire notre consommation électrique... Et si tout ça ne fonctionne pas, Elon Musk nous emmènera sur Mars d'ici 2060...

Les innovations techniques posent 3 problèmes majeurs : la pression accrue sur les ressources, la possibilité de les déployer rapidement et en masse, et l'assurance d'une meilleure efficacité énergétique pas nécessairement garantie. Prenons l'exemple de la voiture autonome. Plus besoin d'avoir son propre véhicule, elle passe me chercher, me dépose au travail et va chercher son passager suivant. Moins de voitures, de bouchons et moins de pollution ? Sur le papier, c'est parfait ! Dans la pratique, nous retrouvons nos 3 problèmes. Le premier : il faudrait des dizaines d'années pour remplacer le parc automobile. Ensuite, fabriquer ces voitures exige de nombreuses ressources. Enfin, la voiture autonome exige le déploiement de la 5G et la construction d'énormes *data centers* pour gérer les données générées.

Est-ce qu'il y a de fausses bonnes solutions ?

Il y a définitivement des solutions qui s'appliquent facilement et rapidement qui nous détournent de solutions plus ambitieuses et systématiques.

Le recyclage est utile, puisqu'il permet d'économiser des ressources naturelles, sauf quand il devient l'alibi de l'industrie du jetable pour justifier son modèle ! L'aluminium des capsules de café Nespresso se recycle. Il suffit de récupérer les capsules (alors que seulement 10 % des centres de tri en France sont équipés pour le faire), les faire fondre par pyrolyse (un procédé industriel énergivore) ou les envoyer en Allemagne pour les nettoyer puis les faire voyager à travers toute l'Europe pour les recycler. Alors on pourrait se contenter d'une cafetière à piston !
On interdit alors ? Mais les lois ont aussi des limites. Interdire le plastique jetable par exemple, a conduit à l'émergence des gobelets en carton et assiettes en bambou, jetables toujours. Ainsi, on a oublié que le problème, c'est bien le jetable. En réalité, les solutions miracles qui nous sont présentées comme permettant de sauver le monde en ne changeant strictement rien à nos habitudes sont souvent un leurre.

Je fais déjà beaucoup de choses, comment faire pour m'engager à plus grande échelle ?

J'applique une démarche zéro déchet, zéro gaspillage (ou toute autre démarche écolo) dans mon quotidien depuis quelque temps et je me sens frustré·e de ne pas pouvoir faire plus. Que faire ?

Je m'investis dans la vie de mon immeuble, dans l'école de mes enfants ou au travail. Je m'engage en politique à différents niveaux : que ce soit dans le syndicat de mon immeuble, mon conseil de quartier ou sur une liste citoyenne lors des élections municipales. J'apporte mon soutien à des associations, en devenant bénévole et/ou en les soutenant financièrement. Certaines d'entre elles dépendent grandement des soutiens citoyens pour vivre. Elles portent ainsi la voix des citoyen·nes dans des instances qui ne me sont pas accessibles individuellement. Je peux aussi créer une association dans mon quartier. Pour ne donner qu'un exemple : depuis 5 ans, des collectifs de citoyen·nes du mouvement zéro déchet éclosent à travers tout le territoire français et rejoignent l'association Zero Waste France. Ou bien encore, je change de travail et œuvre à plein temps pour la transition écologique.

Je commence par quoi ?

On dit souvent que le pas qui coûte le plus est le premier. Alors je fais le premier pas, peu importe ce que c'est : mettre un « stop pub » sur ma boîte aux lettres, rejoindre une association, organiser une troc party…

Pour moi, la première étape a été de trier. Je me suis débarrassée de tellement d'objets que je pensais indispensables. Trier m'a permis de prendre conscience, de déterminer des critères pour mes futurs achats et, surtout, ça m'a appris à dire non. Non à un étui à baguette dont la durée de vie est de 2 min. Non à cette impulsion d'achat. Non à ce cadeau dont je savais que je n'aurais pas l'usage. C'est difficile au début mais ça vient vite. La seconde étape a été de continuer. Je me suis renseignée sur le sujet, j'ai découvert qu'il était bien plus vaste que ce que je pensais. J'ai lu des livres, regardé des sites d'associations, écouté des podcasts, découvert des concepts, des impacts, des avis parfois contradictoires. Cette connaissance permet ensuite de savoir quelles actions je veux mettre en place. Alors, triez. Dites non. Lisez. Écoutez. Échangez. Faites un pas de côté. Commencez votre révolution. Le monde suivra.

Glossaire

Anses

L'Agence nationale de sécurité sanitaire de l'alimentation, de l'environnement et du travail a pour mission principale d'évaluer les risques sanitaires dans les domaines de l'alimentation, de l'environnement et du travail.

Biodéchets

« Les biodéchets correspondent aux déchets organiques issus de ressources naturelles végétales ou animales. Ils sont constitués principalement des déchets de cuisine (épluchures de légumes et autres restes alimentaires) et des déchets verts du jardin (tailles de haie, tonte de gazon, feuilles mortes…). Les biodéchets ont la capacité de "pourrir", c'est pourquoi on les appelle également putrescibles ou fermentescibles. » (biodechets.org)

DEEE (déchets d'équipements électriques et électroniques)

« On entend par "équipements électriques et électroniques" les équipements fonctionnant grâce à des courants électriques ou à des champs électromagnétiques, ainsi que les équipements de production, de transfert et de mesure de ces courants et champs, conçus pour être utilisés à une tension ne dépassant pas 1 000 volts en courant alternatif et 1 500 volts en courant continu. » (source : code de l'environnement)

FAO

Organisation des Nations unies pour l'alimentation et l'agriculture
« L'Organisation pour l'alimentation et l'agriculture (FAO) est l'agence spécialisée des Nations Unies qui mène les efforts internationaux vers l'élimination de la faim. » (source : site de la FAO)

Filières REP (Responsabilité élargie du producteur)

« Dans le cadre de la REP, les fabricants, distributeurs pour les produits de leurs propres marques, importateurs, qui mettent sur le marché des produits générant des déchets, doivent prendre en charge, notamment financièrement, la gestion de ces déchets.

Bien que basée sur la responsabilité individuelle du producteur, la REP peut être assurée par les metteurs sur le marché de manière individuelle ou collective, au travers d'un éco-organisme. » (source : site de l'Ademe)

Il existe aujourd'hui des filières REP sur les emballages ménagers (Citeo), les médicaments (Cyclamed), les textiles, l'ameublement, les bouteilles de gaz, etc.

GES (Gaz à effet de serre)

« Gaz d'origine naturelle (vapeur d'eau) ou anthropique (liée aux activités humaines) absorbant et réémettant une partie des rayons solaires (rayonnement infrarouge), phénomènes à l'origine de l'effet de serre. Les principaux GES liés aux activités humaines sont le dioxyde de carbone (CO2), le méthane (CH4). » (source : site du rapport sur l'environnement en France)

GIEC (Groupe d'experts intergouvernemental sur l'évolution du climat)

« Depuis plus de 30 ans, le GIEC évalue l'état des connaissances sur l'évolution du climat, ses causes, ses impacts. Il identifie également les possibilités de limiter l'ampleur du réchauffement et la gravité de ses impacts et de s'adapter aux changements attendus. Les rapports du GIEC fournissent un état des lieux régulier des connaissances les plus avancées. Cette production scientifique est au cœur des négociations internationales sur le climat. » (source : site du Ministère de la Transition Écologique)

OMR (ordures ménagères résiduelles)

« Ce sont les déchets produits par les ménages restant dans la poubelle classique après le tri à la source, notamment des emballages dans un premier temps et à l'avenir des biodéchets, effectué par les habitants. » (Site : Syctom)

PET

Le PET est une sorte de plastique que l'on retrouve dans un bon nombre d'emballages alimentaires jetables, pour la confection de bouteilles de soda, dans le rembourrage de peluche ou encore recyclé dans les vêtements dits polaires.

REFIOM (résidus d'épuration des fumées d'incinération d'ordures ménagères)

« Les REFIOM sont issus de la neutralisation des gaz acides et toxiques de l'incinération des déchets, par des réactifs comme la chaux ou le bicarbonate de sodium. Ils contiennent également les cendres volantes captées lors de la filtration des fumées et les boues issues de la filtration des eaux de lavage des fumées. » (source : publication *Déchets : les gros mots* de Zero Waste France)

Les livres à lire absolument

Zéro déchet, on s'y met et *Zéro plastique, on s'y met*, Pauline Imbault, 2019, Hachette : des livres pratiques pour faire ses premiers pas vers un quotidien sans déchets

Le Scénario Zero Waste 2.0, association Zero Waste France, Rue de l'échiquier, 2017 : une boîte à outil pour construire une société zéro déchet, zéro gaspillage

Mon Défi Rien de neuf – Le guide pour consommer autrement, Emmanuelle Vibert, 2019, Rue de l'échiquier : le livre pour découvrir les alternatives au neuf et réduire sa consommation

Territoires Zero Waste – Guide pratique pour révolutionner la gestion locale des déchets, Flore Berlingen, Laura Châtel et Thibault Turchet, 2019, Rue de l'échiquier : 9 chantiers à mettre en place dans les collectivités

Recyclage, le grand enfumage – Comment l'économie circulaire est devenue l'alibi du jetable, Flore Berlingen, 2020, Rue de l'échiquier : pour comprendre les limites du tout-recyclage

La Famille zéro déchet, Ze guide, Bénédicte Moret et Jérémie Pichon, Thierry Souccar Éditions, 2016 : Le B-A.BA pour découvrir et mettre en place le mode de vie zéro déchet

Les limites de la croissance, Dennis Meadows, Donella Meadows et Jørgen Randers, Réédition Rue de L'Échiquier, 2017

Et si vous en voulez encore

L'Âge des low tech, Philippe Bihouix, Le Seuil, 2014

Le bonheur était pour demain, Philippe Bihouix, Le Seuil, 2019

Le plus grand défi de l'histoire de l'humanité, Aurélien Barrau, Michel Lafon, 2019

Famille en transition écologique, Bénédicte Moret et Jérémie Pichon, Thierry Souccar, 2019

Une autre fin du monde est possible. Vivre l'effondrement, et pas seulement y survivre, Pablo Servigne & Raphaël Stevens, Chapelle, G.Seuil, 2018

Les furtifs, Alain Damasio, La Volte, 2019 (roman)

Permacomix, Vivre en permaculture, mode d'emploi, Cécile Barnéoud et Guizou, Rue de L'Échiquier, 2020

Livres pour enfants

Ma terre, ma maison, Magali Clavelet, Fleurus, 2020

Mission déconnexion, Laurence Bril – Léo Louis-Honoré, Rue de l'échiquier Jeunesse, 2020

Mission zéro déchet, Vincent Bergier et Lucie Vallon, Rue de l'échiquier Jeunesse, 2018

Renard sauve son vélo, Fibre-Tigre et Floriane Ricard, Rue de l'échiquier Jeunesse, 2017

Les guides Zero Waste France à télécharger

Mon Commerçant Zéro Déchet

Mon Événement Zero Waste

Mon Campus Zéro Déchet

Mon Bureau Zéro Déchet réalisé avec Zero Waste Paris

Les Héros du Zéro Déchet (pour les enfants) réalisé avec Zero Waste Paris et la Famille Zéro Déchet

Mon Événement sportif Zéro Déchet

Rien de neuf pour les écoles, les entreprises et les territoires

Ils sont tous à retrouver sur le site de l'association Zero Waste France, à l'adresse zerowastefrance.org/les-ressources-indispensables/

Les vidéos à regarder

Documentaire Le Monde selon Amazon
facebook.com/mondeselonamazon

Femmes et zéro déchet : émancipation ou charge mentale ? (1h10)
youtube.com/watch?v=DWyFx7AGpqk

La mafia du plastique et des emballages (6 min)
facebook.com/watch/?v=2704058906475855

Philippe Bihouix : Le mensonge de la croissance verte ? (1h48)
youtube.com/watch?v=Bx9S8gvNKkA

Les outils à utiliser

Le MOOC de référence sur le zéro déchet, créé par Zero Waste France et les Colibris colibris-universite.org/mooc-zerodechet

Calculer son empreinte carbone
footprintcalculator.org

En savoir plus sur les labels environnementaux
ademe.fr/labels-environnementaux

Connaître les fruits et légumes de saison
greenpeace.fr/guetteur/calendrier

Trouver des idées de vacances en France
qqf.fr/infographie/48/des-vacances-au-kilometre

Changer pour un fournisseur d'électricité vraiment verte
guide-electricite-verte.fr

Les initiatives / assos à découvrir

Zero Waste France : association qui défend la démarche zéro déchet, zéro gaspillage *via* le plaidoyer, l'information et l'outillage des acteurs de terrain. Retrouvez leurs actions et leurs outils sur le site www.zerowastefrance.org

Groupes locaux Zero Waste France : collectifs et associations rattachés à Zero Waste France et qui agissent à l'échelle locale. Retrouvez le plus proche de chez vous sur la page zerowastefrance.org/lassociation/groupes-locaux/

La Maison du Zéro Déchet : lieu dans le 12ème arrondissement à Paris dont le but est d'accompagner les personnes souhaitant passer au zéro déchet. La Maison du Zéro Déchet, c'est une boutique et une programmation événementielle (ateliers et conférences). C'est aussi un café associatif, une programmation dédiée aux professionnel·les ainsi qu'un espace avec des ressources consultables gratuitement sur place. www.lamaisonduzerodechet.org

Défi rien de neuf : un site et un défi pour découvrir les alternatives au neuf (achat d'occasion, réparation, mutualisation, emprunt, etc.).
www.riendeneuf.org

Break Free From Plastic : mouvement international de lutte contre les pollutions liées au plastique, dont l'association Zero Waste France fait partie.
breakfreefromplastic.org

Carton Plein : association qui accompagne l'inclusion sociale et professionnelle des personnes les plus éloignées du travail. Elle donne une seconde vie aux cartons, propose des déménagements en vélo cargo, organise des balades urbaines, etc.

Repair Café : initiative dont l'objectif est l'accompagnement bénévole des gens dans la réparation de leur petit matériel abîmé. Des rencontres ont lieu à intervalles réguliers partout en France, en Belgique et en Suisse. Trouvez-en un ou organisez-en un près de chez vous grâce au site www.repaircafe.org.

Réseau des ressourceries : région par région, la liste des ressourceries adhérentes du réseau. http://www.ressourcerie.fr/

Emmaüs : Les magasins Emmaüs permettent de faire vos courses solidaires près de chez vous. Ils sont ouverts à tous et permettent de trouver une très grande sélection d'objets de seconde main. Il existe maintenant un site en ligne label-emmaus.co. Rendez-vous sur la rubrique «Où donner, où acheter» pour trouver le membre du réseau Emmaüs le plus proche de chez vous.

Table des matières

Remerciements

Merci à toi petit lecteur, chère lectrice. J'espère fondamentalement que ce livre va t'aider à avancer, à remettre des choses en question, va te permettre de te mettre en action avec conviction et enthousiasme.

Merci à Hachette de m'avoir fait une nouvelle fois confiance. Merci à Marie Naudet et toutes les autres personnes qui travaillent sur les autres étapes nécessaires à la création de ce livre : la création, la maquette, la relecture, l'impression…

Merci à l'équipe de « Petit à Petit, je réduis » pour sa relecture et son œil neuf. Merci Marie, Adeline, Margaux et Marion. (Et petit lecteur, chère lectrice, si tu ne connais pas, file vite découvrir ce super projet !).

Un immense merci aux équipes de la Maison du Zéro Déchet et de Zero Waste France. Travailler dans ces deux associations a été une source inépuisable de partages, d'apprentissages, de rires, de projets, de déjeuners partagés. Bref, un boulot de rêve !

Merci à Juliette, Moïra, Alice, Aurélien & Louise pour leur aide sur la relecture.

Merci beaucoup à Alex pour sa relecture finale. Je te tiendrai personnellement responsable de toute faute ou coquille restantes ;)

Évidemment, merci à la dream team de folie qui m'a encore bien aidée sur ce livre : Laura Châtel, Louise Rieffel, Marine Foulon et Thibault Turchet. Bien sûr, que nous fêterons ce livre ensemble, comme de coutume !

Pour l'éditeur, le principe est d'utiliser des papiers composés de fibres naturelles, renouvelables, recyclables et fabriqués à partir de bois issus de forêts qui adoptent un système d'aménagement durable. En outre, l'éditeur attend de ses fournisseurs de papier qu'ils s'inscrivent dans une démarche de certification environnementale reconnue.

Direction : Catherine Saunier-Talec
Responsable éditoriale : Lisa Grall
Responsable de projet : Marie Naudet
Directrice artistique : Cecilia Rehbinder
Mise en page : Nord Compo
Fabrication : Amélie Latsch
Relecture : Mélanie Rébillaud
Responsable partenariats : Dana Lichiardopol (dlichiardopol@hachette-livre.fr)

Dépôt légal : février 2021
10-523-27/01
ISBN : 978-2-01-945338-1
Imprimé par Unigraf en Espagne